橘园漫步

石兰 著

时代出版传媒股份有限公司
安徽文艺出版社

图书在版编目（ＣＩＰ）数据

橘园漫步 / 石兰著. -- 合肥 ： 安徽文艺出版社,
2025. 1. -- ISBN 978-7-5396-8236-5

Ⅰ. I267

中国国家版本馆 CIP 数据核字第 20242Z6X40 号

橘园漫步

JUYUAN MANBU

出 版 人：姚　巍
责任编辑：王婧婧　　　　　　　　封面设计：李　超
....
出版发行：安徽文艺出版社　　www.awpub.com
地　　址：合肥市翡翠路 1118 号　　邮政编码：230071
营 销 部：(0551)63533889
印　　制：永清县晔盛亚胶印有限公司　　(0316)6658662
....
开本：700×1000　1/16　印张：12.5　字数：170 千字
版次：2025 年 1 月第 1 版
印次：2025 年 1 月第 1 次印刷
定价：69.50 元
....
（如发现印装质量问题，影响阅读，请与出版社联系调换）

目录

1

遥远的窑河湾

秋日思绪

葵园纪事

葵园纪事

赋予植物一定的文化意义，一直是人类的一厢情愿。山还是那座山，水还是那道水，不同的只是看景人的心境。

我曾数度被向日葵感动过，第一次是在火车上。

二十多年前去北京读书，从合肥乘坐到北京的火车，那时特快列车也要跑十几个小时，为了省钱，我常常买硬座票，在小桌上迷迷糊糊趴一夜就到了。

有一次也是坐这趟车，快到北京前，车在一个无名小站停了很久，望着已是秋天的窗外，收割完庄稼赤裸的北方大地横躺在朝阳的光辉里，苍茫而明朗，这抹曙光仿佛稍稍提亮了我暗淡的人生。

许久，车终于缓缓启动了，哐当哐当有节奏地向前驶去，忽然一排排高大的向日葵紧贴着车窗划过：躯干挺拔，叶子在身后飞动，沉甸甸的花盘齐刷刷地朝向东方，硕壮的生命如勇士般在苍莽原野的朝晖中狂舞。车越开越快，瞬间将一切抛到身后，把壮观印在我心中。

再次遇到向日葵是十多年前在欧洲。

我随安徽美术代表团去芬兰做文化交流，住在赫尔辛基郊外的一栋老房子里，每天早晨沿着河畔去跑步。芬兰是个高纬度国家，九月初秋意就深了。跑步路上有片色彩斑斓的花木开得错落有致，不细看你还真不知道是向日葵呢：橙黄色的花头开得有如欧洲美人，顾盼有致，妖娆多姿，本是绿色的秆叶经霜染过，深深浅浅五彩斑斓，颇有画意。

回国后我根据此印象创作了作品《太阳花》，2009 年在美国办画展时，被一位德国朋友收藏了，他笑说自己与这画有血缘关系。

时隔数年，向日葵又以另一种形象走近了我。

一个夏天去广州，老朋友梁兄到机场接我，他含着雕花烟斗笑眯眯地说：去番禺看万亩葵园如何？然后我们驱车一个多小时到了。无边无际的葵园就像个童话世界，大约还没到季节吧，一株株葵花挤在一起组成了绿的海洋，远远望去，星星点点的金黄花头，像小朋友调皮的笑脸。

梁兄从车后备厢拿出折叠椅、遮阳伞、工夫茶、烟丝、墨镜、蜜饯，林林总总摆了一地，用他那广东普通话慢悠悠地说：再怎么也不能亏了季几（自己）。

我在速写本上勾着花的形态，那天，我们聊了很多，我也画了很多。从广州回来后我一直挺忙，丢在旁边的速写也就被淡忘了。去年春天突然听说梁兄不幸走了，我翻出速写本和照片，却什么也画不出来。

这些年我经常在头脑中梳理着葵花的形象，或明艳，或苍茫，或如山如海，亦如我的人生。

不久前我偶得了一种草皮宣纸，摸在手心敦厚而柔软，天然的草皮夹在纸中又有几分粗粝。唯有画上那北方苍茫的葵园才合我心境，于是便有了作品《故园秋色》，她随画笔载着我的心驰向更加广袤的精神世界。

2015 年 6 月

我的艺术情怀

　　春节前夕，在惨淡而又忙乱的状态中，我收到西安美院教授张小琴寄来的她的文集——《为艺术而燃烧》，几个字映入眼帘，忽如一把火点燃了心头集聚已久的原油，哗啦啦燃遍了心灵的每个角落，蔓延到全身。

　　那种淋漓尽致的畅快，许久未曾有过了。迎着扑面而来的寒风，我不禁自问：那颗早已冰凉的心是否还能为之燃烧？

　　这几年，我的生活几乎完全以绘画为圆心转动，为画而欢乐，而痛苦，为画而飞南走北，也因为画而相聚相离。忙碌之余，我却常常陷入失落孤寂中，不知道这是不是生命的全部意义。记得当年大学毕业时，在毕业汇报展的前言上，我和同学曾写下这样的句子：艺术如永远燃烧的火焰，我愿做一只扑火的飞蛾，焚身其中，至死不悔。

　　十几年过去了，当年的同学早已天南地北，是否还有人去追忆昔日的浪漫之梦？让人感慨不已的是艺术其实只是水中月、镜中花，徒然诱人虚掷年华，辛苦终生。

　　我画花卉，画风中摇曳的花蕾，画相恋依依的小鸟，画月光下叶落无声的洋槐。仿佛世界上从来没有过风霜雨雪，仿佛心灵从来没有过艰辛的历程。和煦的春风，醉人的温情全部是那么美好与祥和，但往往站在已完成的画前，心中怅然若失，明白这些其实与自己的内心隔着山、隔着水、隔着无法逾越的空间。1996年冬天，我在甘南的玛曲草原，零下二十多摄氏度的茫茫雪原里，天边的夕阳将绵延起伏的雪山笼罩上一片神秘的圣光。几年后，李伯安先生未完成的泣血长卷《走出巴颜喀拉》，再现了艺术的圣山，那遥不可及的崇高，让人感受到艺术升华为信念的强烈震撼。

绘画又是展示精神生命的最佳载体。旅日画家熊文韵外表娇小文弱，可她把自己挂满中国美术馆整整一层楼的《错位》展复制成小样，装在背包里浪迹天涯。后来听说她将五彩的画布铺挂于一列车队，浩浩荡荡西行于千里无垠的戈壁沙漠——这是何等的壮观和豪气啊！

胡明哲老师说她开始爱上绘画，如同人生的初恋，是一种身不由己的动情，我不知道应该如何表达自己的感觉。艺术对于我是圣山、是火焰、是磨难、是欢愉，也是几分从未失去、未曾拥有的惆怅。

2001 年 4 月

版纳写意

西双版纳热带植物园是个鲜活而热烈的植物世界，在这里，天是蓝的，地是绿的，风是香的，十二个月中五颜六色的奇花异卉争相登场，所有的植物都像是用了催化剂，比我家乡的大了很多，艳了很多。

在这里走路是不能低着头的，上下左右无处不飞花。常常是走着走着，路边突然闪出一片灿烂让你心跳。视线刚落在高高的火焰花上，那藤啊蔓啊又把你的眼睛引向了灌木丛中的杜鹃花；再低头，草丛中闪烁着殷红的相思豆，相思树旁飘逸的白花静静地开放；背衬着深深浅浅的旅人蕉，视线像是飞动的蝴蝶不知落在哪丛花上。

清晨，浓雾在花瓣上凝成清露啪嗒啪嗒地滴下来；午后，在骄阳的寂静中你能听到竹子拔节、花儿绽放的声音；傍晚，金风吹过，依兰馨香，恍若仙境。所有的生命都像涨满了浆汁的果子，一碰就炸开来，每天都会给你带来莫名的惊喜。

比如第一天你发现南美水仙花像白色的小星星，第二天她就开得轰轰烈烈，如火如荼，再过几天满目绿叶，花已了无痕迹，仿佛什么故事也没发生过。

还有那妖娆的黄扶桑，头天傍晚，花朵像个掀了盖头的新娘，第二天你拿着相机过来她却变成满脸褶子的老太太。写生时明明是花蕾，你画着画着，花蕾就绽开成花朵，生命的演变过程像快镜头在眼前掠过，

7

让人感叹人的生命也是如此，所有的美丽都会稍纵即逝。

可以说版纳生活的启示是我艺术创作的源泉。

记得十年前我第一次来版纳，在汽车飞驰的窗外，看到路旁那些热带植物被砍了又发，烧了又生，生生不息的精神，很为之感动，这种精神潜移默化地影响了我后来的人生之路。1997年我在中国美术馆举办个人画展，其中代表作《生命之源》的创作初衷应该追溯到在西双版纳的生活感受。2002年的元月，在读中央美院郭怡孮花鸟画创作高研班期间，我第二次到西双版纳写生，回来后完成了《南国馨香》和《百花册》两本书的创作，其中《春竹》《文殊兰》《南国春早》等作品，我用了浓郁的重彩色调描绘热带植物的鲜活形象，但作品完成后深感远不足以表达我心中的西双版纳。

今春又做版纳行，在植物园住了一个月，我们遇到了一些非常有趣的事和人。

画家何老师是一个很风趣的人，出门写生头戴帽子脚穿凉鞋，用他的话讲，是头脑清醒脚底发热。他在家门口贴了一副对联：太阳出了月亮落了天亮了，花开了叶子黄了果子熟了。等我们的时候他就发条短信：我等得花儿也谢了。

有一天写生时我发现了一种很美的植物，叫八宝树，她的花苞从高高的树上倒挂下来，造型很有味道，可我连去了几次不是花没开就是花谢了，我很无奈。

何老师说：花有两种，一种是虫媒花，靠昆虫来授粉，开得姹紫嫣红，好在白天招蜂引蝶。另一种是风媒花，靠风来授粉，大多是白色，在月光下也很醒目，你清晨去看看八宝树的花吧。果然，我在清晨拍到了八宝树花开时奇特的照片。

还有一位叫"铁刀木"的植物学家给了我一张名片，不知怎么就让我弄丢了，第二天我很不好意思地告诉他，再要时，人家搪塞地说：以后吧。可是过了两天，我在草丛中捡红豆时，居然在小路边发现了那张名片，我高兴地给他发条短信"失而复得"，他回信"是信手放飞的吧"，"就算放飞也放的是地方嘛"，于是就有了"铁刀木结海红豆"的故事。

在版纳的日子真的很美好，傣家寨的婚宴、罗梭江畔的红月亮，一幕幕都让人挥之不去。我告诉家乡的朋友：在版纳一月，做傣装裙两套，画写生三本，交朋友四五，捡红豆若干。君问归期未有期，夜夜酒醉不思归。

2004 年 4 月

放飞的天堂鸟

天堂鸟又称极乐鸟花，网上介绍其喜温暖、湿润、阳光充足的环境，我认识天堂鸟是在西双版纳热带植物园的百花园中。

春日清晨，薄雾轻笼雨林，阳光遍洒花丛，我在百花园中写生。露气湿润了画卷，一纸线描在腕底徐徐而生。

渐渐画进去后，眼前薄雾、阳光、清风什么也不见了，只有一枝枝盛开的天堂鸟。在凝神静气的世界专注创作，状态大约都是如此。

天堂鸟也叫鹤望兰，它的花形像只美丽的鸟，浅红秀美的鸟头，插上金黄的花冠，宝石蓝的巧舌，宛如天堂间的鸟。它的花语是：能飞向天堂的鸟，能把各种情感、思恋带到天堂。

我喜欢这充满南国温馨的天堂鸟，在植物园一遍遍写生，欲罢不能，又从昆明斗南花市买了大把的鹤望兰空运回合肥，插在画室里反复摹写。

那年正赶上全国美展在征稿，整整一个夏天，我在画室里挥洒汗水，辛勤劳作。八尺整纸的熟宣纸上，我用工笔画形式，反复刻画天堂鸟这个主题，一遍不满意再来一遍，画室里放着西双版纳的音乐营造气氛，同时给西双版纳的朋友写信："云南归来已经好些日子了，从昆明带回的鲜花依然在我的画室里怒放，挺拔的天堂鸟、紫色的鸢尾花，伴着葫芦丝的音乐，延续着我对西双版纳的思念，对朋友的思念。"

　　就这样我整整画了五张八尺整纸的工笔天堂鸟，挂满了画室的墙面。也许欲速则不达，也许用力过猛，结果这些画没有被选上全国美展，如同一厢情愿的爱被拒后，反而释然了。

　　我挑出用古绢画的那张，在怒放的天堂鸟花丛中，细细画了一只美丽的白孔雀。孔雀脚下敷以花青、酞菁蓝、孔雀蓝、石青、石绿，衬托朱黄调子的天堂鸟及白孔雀，古色古香的绢茶底色将画面统一得恰到好处，画面上的白孔雀仿佛是西双版纳植物园伴我写生的那只孔雀，信步向我走来。

　　几年后，这张画在我的个人画展上被一位南方收藏家买去了，我心里难受了很久很久。

　　今年春天在广州朋友的饭局上，一位客人突然对我说，要带我去看我的天堂鸟。他把我领进一间装饰豪华的视听室，在黑暗中突然打开镭射灯，电闪雷鸣中，一只浑身闪亮的白孔雀向我缓缓走来，炫目的光环萦绕周遭。我从万花丛中发现她，反复摹写，空运回家，供于画案，落笔成形，展于人间，嫁与他人。

　　飞走的天堂鸟，如果你是我的女儿，愿你幸福！

2018 年 9 月

恰似你的温柔

也许有一首歌，能让你记住最难过的日子。

那年夏天，提着单薄的行李，肩背着长长的画筒，我踏上了南去的火车。

从北京学习回来后，我仿佛成了个外乡人，明明在家乡却没有朋友，过去的同学、同事都已淡出我的世界，而我向往的绘画世界却与我无关。北漂的日子，在美院的生活都过去了，伴着音乐，一个人静静地画画，七年的光阴好像什么都没有发生过，生活又回到了原点。

我去南方是因为接到了一个电话，电话那头是个开画廊的商人，他说在汕头的朋友那里看到我的作品，很是喜欢，让我带点画过去看看，就是所谓的画家走穴吧。

当时我的家境是：自己辞了工作，没有收入，老公下岗在外打工，儿子上大学急需钱用。那时我也知江湖险恶，但不试试又怎么办呢？提着画筒里精心挑出的作品，坐在飞驰南去的列车窗前，景色越来越绿、花越来越艳，我的心情却越来越忐忑。

就这样，我从广州到深圳，从深圳到汕头，又到惠州，再回到汕头，辗转半个月一无所获。

带去的作品里还有华姐的两张画，回来后我告诉她，我背着这个画筒，走了那么多城市，见了那么多人，却没人愿意拿钱买画。这话一定深深刺痛了华姐，我又何尝不心痛？

那些天心里像装满酸汁的浆果，轻轻一戳便会炸出委屈的泪水。

南方的画商都很客气，请你喝酒，带你逛风景，可就是不花钱买画。一天，在惠州的一个饭局上，忽然有位先生端着酒杯走到我身旁笑眯眯地说："我家里有你的大作。"怎么会呢？我心想自己从没来过这里，更没卖过画啊。"画不是买的。"他说，"前两年我们惠州在北京赞助过一个画展，画展上的作品都送给惠州了，我得了一幅。"他转着手中高脚杯里的葡萄酒，操南方口音慢慢地说，"要不要带你去看看？"

在他家灯光华丽的墙上，我果然看到了自己的作品《生命之源》，抚摸着冰凉的红木画框，我几乎辨认不出自己的孩子了。

这张画当年是挂在我结婚时买的大衣橱的壁板上画出的。

1996年秋天我在北京植物园写生，第一次看到温房龟背竹结出硕大的果实，挺拔而又神秘，很震撼，便细细画了写生稿带回来。

当时儿子在上小学，我在央美读书，放假时全家三口挤在不足三十平方米的一居室，苦不堪言。我要画大点的画必须等晚上老公孩子睡觉后，把一块大纤维板两边安上挂钩，挂在大衣橱两侧的螺丝圈上，固定好，挂上纸，权当立体画板用，我的《生命之源》就是在这种状态下完成的。

画是画在上过胶矾的熟绢上，我用工笔技法细抠盘根错节的根茎结构，用大笔恣意层层积染出铺天盖地的龟背竹叶子，小心翼翼晕染龟背竹果实四周的神秘之光，反反复复，不知多少个夜晚是在地板上睡着的。

1998年，作品《生命之源》在北京中国美术馆参加了"世界华人画展"并获奖，但她从此不知下落。

那晚，月光如水，车沿着海滨大道飞驰，风吹拂着我的长发和冰凉的泪水，月光下的海浪梦幻般璀璨，可华美的浪花无法承载我内心的冰凉。这时，音响里传来了一首抚慰心灵的旋律：

> 某年某月的某一天
> 就像一张破碎的脸
> 难以开口道再见
> 就让一切走远
> ……

2003 年 10 月

走过四季

从缤纷灿烂的西双版纳，到银装素裹的松花江畔，走过四季，走过一道道风景，走过各种不同的生存状态，生命亦如自然；从春到夏，从秋至冬，经历着孕育、生长、开花、结果的历程，我的 2004 年也是这样走过来的。

作为一个画家，大都是这样来衡量生命的意义：一年里画了多少画，有几张满意的？有哪些遗憾？参加了什么展览，去哪里写生了？用回顾自己的创作经历来进行心灵的反省，我今年的四季是这样走过的。春天赴西双版纳写生，搜集了大量的绘画素材，并拍摄了元阳梯田的系列照片，回来后撰文《版纳写意》，记叙当时的感受并发表在《新安晚报》上。

四月初，我从云南回来后即去砀山梨花节采风，与砀山的画家朋友赵松岩住在良梨园，在花开花落中走过了这个春天。

整个夏天我都在和信大厦一间酷热的画室里搞创作，每天早上八点进画室，晚上十点收工。四个月里我画了五张八尺整纸的工笔画作品《天堂鸟》系列。

开始的创作依据是从昆明带回的鹤望兰，我把它们高高低低、错落有致地插在花瓶中，转来转去地写生，组合成一张大的线描稿，一张不满意就再来一张，反复地折腾。整个夏天就这么熬着，折腾着，最后仍然是不尽如人意。倒是几张信手画来的小品有几分清新雅致，给疲惫的夏天带来了些许凉意。秋天来临，作为一个世俗之人，我也做了一件妨碍自己心情平静的麻烦事：买房，装修，搬家。但凡经历过的人都知道，这完全是一个从兴致勃勃到疲惫不堪的过程。待我搬进新房，整理到能坐在画桌前时，时间已到了十二月。搬家时有朋友讲，放放炮吧，劳碌半生，总算有个新房子住了，也是一个大手笔嘛。我想，还是悄悄地别出声吧，只有坐在画桌前，心里才最踏实。

十年前去北京学习，从那时起我就开始了漂泊不定的生活。除了在北京与合肥之间穿梭往来，我还去过很多其他地方。在北京是城里城外四处搬家，在合肥也是几间画室来回穿梭，以至于现在住到这所真正属于自己的新房子时，我反而没有了期望的兴奋，也没有离开故居的惆怅，有的却是"梦里不知身何处"的茫然。

圣诞节前夕，我接到哈尔滨师范大学艺术学院的邀请，去参加一个四省中青年画家的联展。

我带着自己的作品飞到冬天的松花江畔。大雪纷飞的圣诞之夜，我们一行画家乘车缓缓驶过著名的果戈里大街，古老的俄罗斯建筑今晚格外富丽神奇，所有的树上都缀满了节日的彩灯，与道旁的冰雕相映生辉，窗外零下三十度的气温将这个火树银花的世界凝成了一个美丽的童话世界——在此，你能不对新的一年充满希望与理想吗？

2004 年 12 月

清风明月入画来

2005 年于我是吉祥安宁的。这一年我们全家老小平安，八十多岁的老父亲虽然躺在床上的时间比起床的时间还多，但较之前一年，状态已大有进步，每天三顿饭可以下床吃，下午还能陪母亲看会儿电视。

父亲幼年丧母，中年受难，七十岁时双目失明，但他的心态极为平和，许是他的敦厚善良感动了上苍，四年后竟奇迹般地又能读书看报了。母亲更是坚强，风雨一生，性情依然。她今年也八十岁了，除了耳朵有些失聪，其他一切都好。老人的平安是我们全家最大的幸福。

在上海读书的儿子今年读大四，已经接到了本校保研的通知书，对我来讲，最实在的就是明年不用为他缴学费了。儿子很懂事，从小就知道尽自己的力量为我们分担生活的艰辛。他上小学四年级时我就去了北京，开始一年，儿子在外婆家住，六年级转学后，和他爸爸住在我们拆迁后的过渡房里。房子很小，只有二十多平方米，他只能在阳台上搭桌子写作业，窗外是车水马龙的长江路，都市的喧闹和浮躁丝毫没有影响他对学习的专注。当时他爸爸常出差，生活和学习上的事都靠他自己打理。我从北京打电话回来问他的情况，他总是嘻嘻哈哈地反问我的学业如何，作业完成得怎么样。我在北京七年，儿子靠自己的努力考上初中、高中，成绩一直很优秀，学习上从未让我操过心。上大学后，他在学校打了两份工，兼一份家教，加上奖学金的收入，几乎没向家里要过生活费。虽然我们不至于供不起他上学，但他认为，为父母减轻负担是他做儿子的心意。

今年老公也有了份喜欢的工作，活得挺踏实。

2005 年的祥和像双温暖的手环绕着我，抚慰着我多年来疲惫的身心。这种温暖的感觉，如果用色彩来表达，我想应该是红色吧，不是艳丽的鲜红，而是那种旧旧的，暖暖的，像过年时贴的门对，风雨之后在春光中褪去了火气的那种红色，温暖、厚实。

2005 年，我像只工蜂一样勤奋工作。除了短暂的外出，埋头画画是我每天生活的主旋律。

去年年底，我去哈尔滨参加一个中青年画展，不慎摔伤了胳膊，祸福相倚，反让我得以安心地窝在家里搞创作。我先后完成了以热带植物为题材的《版纳映象》系列，用传统手法表现的《夜来香》系列及一批新作，其中，我自己比较满意的是重彩作品《桐花》。

《桐花》的创作纯属无心插柳。

春天我去砀山参加一年一度的梨花节，谁知今年的花期早，我们到时，花已落尽，晚上住在画友松岩家的小楼上，心里多少有些郁闷。

清晨早起，推开窗户，晨曦中紫色的桐花像海浪般迎面涌过来，吓了我一跳。桐花长在高大的树冠上，平时很少有机会抬头去看，我第一次这么近距离地看桐花，发现它竟如此地生机勃发，有风拂过，桐花纷扬飘落，恣意张扬着生命的精彩。昨夜的郁闷荡然无存，我把这一刻锁定在自己的创作中。

整个夏天，我全部身心都沉浸在这幅画的创作中。在六尺长幅的画面上，我把从徽州带回的青瓦砸碎，研成粉末儿，用此做画面上的灰调子背景，在青瓦上画桐花。桐花开得单纯而大气，排列起来有种序列的美感，很符合我的审美观。

我用明亮的淡紫色细细勾画出花朵，强调她的重重叠叠，错落有致，白色蛤粉托染层次，再将银箔轻撒在花上，反复分染，将银箔隐在丰富的色彩间，衔接着厚重底色与透明花瓣之间的层次，让画面闪烁而辉煌。

用浓重的石青色做底，衬托出桐花的单纯大气，使画面既富有装饰感，又生机勃勃。

9月，《桐花》入选"第十六届国际美术大会·美术特展"。

同时，我在合肥索菲特明珠国际大酒店举办了继1997年在中国美术馆个人画展后的第四次个展。展览期间，正值国际美术大会在合肥开幕，有机会把自己的作品展示在来自全世界的艺术家面前，我十分欣慰。

忙里偷闲，5月有幸去扬州看琼花，我专程去平山堂拜见了东山魁夷的作品《鉴真和尚造像》。我对东山先生敬仰已久，不仅仅喜欢他的画，更爱他的散文。我的书橱里陈放着他的散文全集，一套十四本《东山魁夷的世界》。东山先生的文章静穆深远，充满了对人类的博爱，蕴含着无穷的魅力，这次能有机会与他的作品邂逅，我感到无限温暖。

6月我去杭州参加了全国著名花鸟画家何水法老师的高研班结业展。何老师的花鸟画，用深厚的传统功底展示着现代精神，使我受益匪浅。

8月底，我的作品《夜来香》入选在韩国举办的"2005亚细亚女性美术大展"。我随中国女画家代表团赴韩国访问。韩国国立现代美术馆和三星美术馆的陈列布置，给我加入了新的设计理念。

冬天我忙里偷闲，带儿子来了一次海南之旅，玩得颇为尽兴。

今天是元旦，又见新年，鞭炮声声，和朋友打油诗一首：人生何处不芳菲，花开花落皆为春。有诗有酒有情在，清风明月入画来。权当年终总结了。

2006年元旦

梨花一曲《三月雪》

任何事物从认识到行动到实践检验真理的过程都是不易的。

那年在砀山画梨花《三月雪》的过程，是我一次死而后生的创作经历，也是一次绘画理念的嬗变过程。

我初次去砀山县画梨花写生，住在北乡的良梨园，良梨园以百年老梨树居多而有名。我们来时正赶上一年一度的梨花节，一株株排列成行的老梨树开满了白花，花与花在空中相连交错，遮天蔽日，风吹过来纷纷扬扬，如雪片凌空飘洒，真正是在演绎一场风花雪月的故事。

我和当时砀山画院的院长赵松岩住在老乡老唐家，园里最大的梨树王就是他家承包的。老唐说到秋天收梨子的时候，要开个带拖挂的大车到树下，一棵梨树可以收几千斤，装满整整一车。梨树王有几百年树龄了，结的梨不大，可特别甜。老唐待我们很好，早上给我们煮梨粥，中午蒸梨做菜，晚上给我们熬梨汤，这对他们来说是家常便饭，对我们来说是营养佳肴。白天老乡上树给花授粉，我们就在树下写生，老乡从早到晚地劳作，我们也从早到晚地画着。至今我一看梨树花就知道授没授过粉，授过粉的花心中间有小黑点，没授过粉的花心中间是淡黄色的，这也是实践出真知。

刚开始我们在速写本上对着梨树一朵花一朵花地抠，一页纸一页纸小心地画着，反复找感觉。几天画下来，逐渐掌握规律后，用大纸铺在画板上画，在花、秆、叶上找点、线、面的绘画关系，做大画面的线描构图练习。再后来我去砀山写生时，总会带上长卷纸，五米、十米长的，在写生中完成线描构图组合，画成或长卷或条屏的线描稿，带回去可直接用于创作。

老梨树的枝干造型极具绘画性，如蛟龙探海，如剑刺南天，写生时取舍组合尤为重要，布局如布阵，枝干组合就是画面的龙骨架，龙骨架上敷以花的聚散关系构成画面。写生时七分感性，三分理性，面前的梨树就是生活给你提供的无限创作可能。写生时，眼前的花和手中的画可以做到眼、手、心自由转换时，你就进入了最佳状态，当然这种状态也是连续多次的写生实践才能找到的。

《三月雪》的创作，最初我准备用传统工笔技法来画，最后完成的作品是现代重彩，其中的曲折之路可以说是画作本身领着我走过的。

动手创作前，我把在砀山画的写生稿贴满画室的墙，横的、竖的、方的，各种尺寸都有。梨花造型比较琐碎，点、线、面关系不好处理，我见当地画家的梨花作品画得都挺具象，怎么摆脱影响，怎么在风格上拉开距离，是必须考虑的。

待我把工笔稿反复推敲，苦苦经营，九朽一罢，细细用工笔线条在画布上勾勒时，远远看着，忽然发现这并不是我想要的东西。

艺术创作的意义不仅是表现对象的自然美，更重要的是表现自然给你的独特感受，用自己的语言去表现你的独特感受，才可称为艺术创作。1998 年从文化部首届重彩画高研班学习回来，我原有的审美感觉已经被颠覆了，新的理念又没形成，手上功夫跟不上，正处在一种提起笔就在痛苦中纠结的状态。

我是搞工艺美术出身的，做过刺绣、漆器设计，一直醉心于民族服饰，镂金错银配以朱红石绿富丽堂皇的色彩样式，过去在创作中很想追求这种质感的效果，无奈拘于中国画材料的限制，难以企及。现代岩彩画材的引进和技法的革新，正好给中国画的创作开启了新的模式，拓展丰富了原有的创作空间，干吗不去大胆尝试呢？刹那间我有了种找到方向的顿悟。

我把画板立在画室，每天进门看几眼，期待找到进入这张画的契机，好些天了还是不行。创作好比思念，我不断回忆着梨园的场景，想起下雨时雨打梨花那种缠绵的美，古人千百次吟诵过的情怀。

翻看写生时拍的照片，雨过天晴，蓝天衬得梨花特别白净，湿黑的树干如同水墨淋漓的书法笔道，枝干伸曲迂回，交错穿插，有种书法大篆的壮美。我突然灵光一现，仿佛看到画面上铺金染银，呈现出富丽堂皇的现代重彩式样。我用裁好的小片宣纸将费心勾好的画稿贴掉，断了后路，重新开始。

我将水干色调好深蓝到青绿几套色，刷到亚麻画布上，形成从蓝天到绿草地的变化，用炭棒大幅度地凭感觉画出老梨树干的交错穿插，找空间感和韵律感；用银箔贴出树干的粗细，在树干的空隙中用覆盖力强的白粉点出一组组厚实的梨花，将粗颗粒矿物色泼染在银箔铺就的树干上，使其铿锵有力又色彩斑斓。湛蓝天缀着梨花白，碧草地映着银树干，画面绘制中大有畅快淋漓之感。

绘画很有意思的是常常画到一半，画面仿佛有了灵魂，她会领着你往前走，时时给你制造出意想不到的效果，提醒你怎么去画。作品完成时她可能不是你原来设想的样子，但她给你呈现的是一支层次丰富的交响乐合奏曲，这便是艺术创作的快乐！

材质的革新引领画面的变幻，画面的变幻引领技法的革新，技法的革新引领画面的现代化。整个过程就是一次死而后生的创作经历：一次从迷蒙到豁然开朗的心路历程，一次从传统到现代绘画理念的嬗变过程，一次从认识到实践的检验过程。

作品完成，取名《三月雪》，这张画获奖无数。

2003 年 7 月

牡丹花开《艳阳天》

牡丹花应该是花鸟画中最常见的题材，被画得最多。

著名的工笔花鸟画家于非闇先生牡丹画得好，他曾写过一本书《我是怎样画工笔牡丹的》。于先生在书里写道，他每年春天会去天安门旁边的中山公园画牡丹，这里的牡丹花过去供皇室观赏，有些稀罕品种外面是见不到的，花开得富贵高雅，雍容华贵。

于先生写生时仔细观察牡丹的特点，他发现春天的花最美，夏天的叶子最有生命感，秋天的秆子最有韵味。他说：我画牡丹时，会把这三种最美的状态集中在一起。所以于先生画的牡丹非同寻常，一扫世俗的媚态。

北京景山公园的牡丹花也出自皇宫，我在中央美院读书时的一个春天和同学去景山公园，恰逢花开盛期，那场景真是"唯有牡丹真国色，花开时节动京城"。郭怡孮先生说他在景山公园写生画的重彩牡丹，出手就富贵大气。

有这么多高山立在面前，我该怎么画牡丹？

那年春天，我去山东菏泽写生，面对生机勃勃的曹州牡丹，写生稿铺满一地，创作时却无从下手，因为太美。如何家英先生讲的，画女人不会找服装模特那样的。

1998 年我在国家文化部首届重彩画高研班学习期间，受日本东京艺术大学及中央美院教授重彩画的教学指导，通过对新画材的认识，开启了全新的创作世界。我的毕业论文《由岩彩进入新的创作佳境——对画材的思考探索》，谈到当年新的绘画观念对我的强烈冲击，创作世界仿佛升起一片崭新的天地。

要在以前，画牡丹的传统范本太多，可现在学了岩彩，再搞创作我就不甘只从传统入手了。现在搞创作首先要考虑的是对画材的选择使用，根据创作内容去选择用什么性质的纸、颜料，用什么技法绘制，什么样的肌理效果表现主题更为贴切。

那年四月牡丹盛开的季节，我独自背着画板来到山东菏泽。

菏泽古称曹州，曹州牡丹艳丽大气、极富野性，不像宫廷花园里的花朵被修剪得规规整整，她们泼泼辣辣地生长在田野，秆子有一人多高，盛开的花头在灿烂的春光中，壮美又坚实。据说曹州种牡丹很有历史，最老的树桩已有近三百年了。这里花朵的颜色要比京城的沉着，叶瓣不似皇家牡丹飘逸轻盈，曹州牡丹花头饱满挺拔，蕴含着旺盛的生命力。

写生是为创作做准备的，我们在生活中看山是山、看水是水，简单地把对象记录下来是不行的，写生第一步要解决的是观察问题，要用画家的眼光去发现美，发现具有绘画规律的美感，并力求把自己感受到的、最有表现力的绘画元素提炼出来。

比如用绘画的眼光看一棵树，树干走势是画面的骨架，果实的圆形与叶子的长形如何组合，天空的亮点用什么材质去表现，这都是画家在着手创作前就要思考的。

写生对象往往具备多种绘画元素，如何集化选择，如何把创作需要的元素提出来，就依赖于画家的修养，创作从观察就已经开始了。此刻，牡丹在我眼中是一幅正在进行的画面，盛开的花头非鲜艳的辰砂不能表现其艳，非闪亮的银箔不能展现其质——我边画边想，完全进入了运用不同绘画材料的创作语境，而不同于过去简单的构图色彩模式。

从菏泽回来，我在画室把粗纹的亚麻布绷上画框，将粗颗粒的矿物色辰砂系列摆成一排，青灰、蛤粉、银箔，一一摆在眼睛能看到的地方，用色彩画出小构图，开始着手这张牡丹花的现代重彩画创作。

构图上略去了其自然环境，先在淡灰的底色上随意撒上碎银箔，按结构勾画花头的轮廓；红花用辰砂红一遍遍分染，分染过程中有侧重点地贴银箔，让银箔衬在红色下，使花头更亮丽、更发色，突出正午阳光的强烈。

随着画面的深入，大块面用笔松动自由，细部用笔精致讲究，叶子用暗色块组织，再用小色点处理肌理，既打破花头的规整，又使叶子丰富而完整。最后用青色统一整体，营造出画面的大走势，使其表达出我所感受到的曹州牡丹——壮美又坚实的形象。

在菏泽时，我住在小招待所里，四月的阳光灼人，沙尘暴的浮尘落满周身，虽然画画时头上可以戴草帽，但一双手没法藏，手晒得像戴了双深色手套。晚上在路边摊吃饭，卖水饺的大娘瞅着背包提画板的我说，姑娘，是师范生吧？学完了再别回来了，瞧你这手晒的咋还能见人呢？

想起这场面，我心一动，便有了这幅牡丹创作的题目——《艳阳天》。

在创作中，为了让画面呈现出不同的效果，挑战不同的绘画形式，找到通往完善的道路，我愿意反复折腾，乐此不疲。倘若有人问我，世界上什么是幸福感最强的事？我会说：完成一幅自己满意的作品，就是画画人的艳阳天！

2008 年 4 月

风生碧绿任漪涟

——我怎样画睡莲

作为中国花鸟画画家，荷花是我创作最多的题材之一，但鲜少画睡莲。每次提笔欲画，都因睡莲的特征不够入画而迟迟不能下笔。

历史上画荷的人很多，画睡莲的却很少。因荷花形状极具绘画三要素——点、线、面之美，很入画。睡莲则不然：花头造型过于单调，根茎又长在水平面之下，叶子浮在水面上却规整少变化，怎样才能既表现其生长特点，又具有绘画的美感？这对我来说是个难题。

2020 年 7 月，应中科院西双版纳热带植物园和全国植物联盟的邀请，赴植物园参加活动，此行我最大的收获就是找到了一种表现睡莲的写意笔法。

绘画史上最著名的睡莲作品公认是莫奈的《睡莲》，它也是印象派绘画的经典之作。大师注重用油彩表现光影的变幻，着力捕捉水的梦幻之美。中国画则不然，中国画注重写实对象的意象化处理。除却大写意大泼墨，画什么还是要注重对象是什么，尤其花鸟画的表现，对于水的处理总不能只是孤帆远影碧空尽的留白，让人凭空臆想吧？

所以，中国画表现睡莲的难题在于水，而不在莲。这次在植物园得以近距离观察睡莲的细节，有盆栽的形态各异的多个品种，也有导弹基地前满池浩荡、生机蓬勃的大场面，加之植物学家们的科普讲座，真是一场视觉和认知的盛宴！

那几天，我把自己关在房里，面对窗外雨中的一池睡莲，掐一朵插在案头，铺开宣纸，信笔写来。今日飘雨，"墨迹天气"上显示西双版纳此刻空气湿度为100%。我把带来的红星宣纸铺展开来，毛笔在纸上走过的感觉舒服极了，水晕的节奏自由而畅快。古人有句咏睡莲的诗句：风生碧绿任缠绵。我将"缠绵"改为"风生碧绿任漪涟"，"漪涟"意味着动，意味着变化发展，我心里体会着古人的诗意，手中行笔有"润含春雨"的意境之美。

面对满幅铺就的莲花，我试着加强花头的细节，用勾填法画花蕊的层次变化，花瓣的丰富色彩；将根茎横向处理，形成与团花的节奏对比；敷以重彩重墨画叶，用叶子的厚重将浅淡调的花头挤出来。此方法受到郭怡孮先生《西湖过雨》的画法启示，在作画中但求有自己的想法，有自己的东西，哪怕是一点点。艺术无异于体育竞技，有时想超越自己一点点也很难。

中国画讲究干湿浓淡，造型色彩，但更重要的是诗意！就像王维说的"诗中有画，画中有诗"。中国画原本就是诗书画并存的艺术形式，而诗意的营造需要各方面的修养而集成，非一朝一夕之功，需长期学问的滋养陶冶，如养玉，日日摩抚在心。

窗外细雨如丝，我将胭脂、曙红、藤黄、赭色、花青、石青、石绿调在白瓷盘中，让热带雨林的云蒸霞蔚将它们融合生成胭脂红、秋香黄、紫云烟、翡翠绿，泼洒、勾填、晕染翩翩起舞于素白的宣纸上，画出自己心中的诗意。

"解衣磅礴"是写意画挥毫泼墨的最佳状态，"浅唱低吟"则是工笔小写的娓娓道来，"灵光乍现"即是久思顿悟的良辰佳境！画入佳境感受到的是一种身手皆爽的愉悦。

2020 年 7 月

不停的红舞鞋

有个画画的帅哥来电话说，最近很痛苦，不知怎么画画了，糟糕的是根本画不下去了！

我说，有一个办法能帮你。他问，是什么？坚持！我说，只有坚持这一个办法！过了几天，他回信：非常感谢！

凡事坚持就能过去，为什么大家都不用呢？因为它很难做到。

但在有个女人身上不难，她是电影《红菱艳》中的芭蕾舞女演员佩吉。她爱舞如命，在事业与爱情中挣扎，最后把生命给了事业。有人问她：你为什么要跳舞？佩吉反问：你为什么要活着？佩吉穿着红舞鞋不停地舞着，舞过高山，舞过大海，什么也难不住她。她把别人很难坚持的事，当作生活，当作生命，就不难了。

一位画家说：艺术家是天生的，天生的意思不是说他是天才，而是指他非要做这件事，什么也难不住他。于是一路下来，他就成了自己想成为的人。

不停转动的红舞鞋的主人佩吉，就成了她想成为的人，也成了一直启发着我的人物形象。

前不久，在广播里听到介绍我的文章，居然用了"著名画家"几个字，我怎么会成了著名画家？我不知道自己是怎么走到今天的，回想几十年学画的过程，仿佛自己也穿了一双停不下来的红舞鞋，旋转至今。

　　我学画纯粹是一个偶然。当年下乡才十几岁，有一次到公社开会，看到有人在墙壁上画黑板报，我嘴贫说了一句：好大胆哦，画得这么难看还敢在这里画。谁知恰巧被公社书记听到了，他跟了一句：你说别人画得不好，你。结果第二天我就站在那个墙壁前吭哧吭哧地画。我比那人"聪明"，买了一本黑板报报头选，用打格子放大的方式临摹了一张。画完后，公社接到一个通知，说县里要办个绘画学习班，每个公社去一人，书记立马就想到了我：让那个学生去吧，她不是会画黑板报吗？就这样，我去了县里的绘画学习班。在学习班里我是零基础，于是乎，派给我的活是画太阳，临摹一张漫画似的太阳，整整画了一个月。这事伤了我自尊心的同时，也激发了我学画的决心。

　　当时父亲不同意我学画，可那时我走火入魔，整天想着要画画，到处找人求教。有一次我在省艺校大门口转悠，见一位儒雅的先生，头戴礼帽，身着白衬衫，牵个小狗在散步。别人跟我介绍，这就是安徽省著名的画家徐欣民先生。我当时想，我要是他牵的那只小狗该多幸福啊！后来看到齐白石的一枚闲章"青藤门下狗"，真是与我不谋而合呀！

　　从此我不分寒暑、不分昼夜地画，直至考入工艺美术厂，当了十三年的美术工人。在工厂当学徒时，磨刀、销售、打杂，什么活都干过，但是我始终没有丢掉绘画。儿子六岁时我考上安徽艺术学院。几年后，我离职去中央美术学院学习，在北京持续了七年的学画生活。

　　从北京回合肥，唯一的财富就是带了二十多箱画册和书，但我整个大脑像被格式化过的电脑装上了全新的软件，开始了学习学习再学习的历程。我曾经为练习白描线条手腕子肿得没法拿筷子；为赶一张画两天两夜没睡觉；也曾经在十几平方米的小屋里，为创作一个人一待就是四个月。经历了从为一张作品落选而悲伤，到获名利波澜不惊的淡泊。就这样，日复一日，年复一年，到现在我还处在每天迎接新挑战、新考验的状态。

　　我就像一个不断被抽打的陀螺，不停地旋转，不停地跨越。

　　一路走来，每当遇到困难的时候，我就想到两个字：坚持！唯有坚持！值得庆幸的是，绘画这条路让我旋转在艺术的花园里！

2016 年 3 月

绘画的愉悦

——记 2018 年石兰重彩画学习班

绘画是件很愉悦的事，不同的绘画形式会给你带来不同的愉悦感。

比如画工笔画，从开始推敲构图、线条，一遍遍过稿，反复比较到定稿，再到施色铺底，逐步分染，用各种技法去丰富画面，使之趋于完善，以期达到自己的想法立意，可获得不忘初心的满足和成就感。

画写意画，则是另一种乐趣。面对白纸一张，心里却已经有了画什么的主意，构图走势，落笔先后，上下左右，或先立枝干，或先缀花朵，皆要胸有成竹。用笔美的同时，又要落笔成形，写意画就是一个不可重复、不可逆的过程，在如此状态下完成的作品，你能不欣喜是天成之美吗？

然而，还有一种绘画形式更让你惊心动魄，绘制过程甚至可称为魔幻的体验，那就是我们所学习的重彩画。整个绘画过程似乎画并不听从你的意图，而是有自己的灵魂，她在指引着你前进的每一步。

绘制中，材料在画面上往往制造出意想不到的效果。下了功夫的地方不出彩，无可下手的局部到最后竟是整个画面上最出彩的地方。第一天晚上，画似乎被弄得惨不忍睹，临走时破罐子破摔，泼上一遍遍粗糙的、细腻的矿物色，第二天到画室，眼前竟一片灿烂：任意流动的色彩铺就了一纸斑斓，将画面化腐朽为神奇——这就是材料的魅力。

这种偶然性给你带来意想不到的创作快乐，在不经意中超越了原有的设计，带来作品的新生。它考验着你对画面的把控能力的同时，也考量着你的修养，你的文化。这种出乎意料的创作愉悦，是不经沧海难为水的体验。

2018 年夏天，在淮河边凤阳古城旁的禾泉农庄，我们一群同学在重彩画班的学习，就是这样美好的学习体验。十几位来自全国不同地区的同学，大家都有不同的学习历程，对绘画也有不同的见解，来这里大家首先学习的是对新画材的认识和体验。天然矿物颜料许多来自大自然，由我们亲手去采集，大家背上背包上山去采石头，挖泥土，亲手去制作颜料，创作从这就开始了。

班长吴彬临摹古代壁画，以他的学养，他追求一种高古的美，于是乎，他用高古游丝描勾出帝王的头像，谁知赋彩时，厚重的矿物质颜料打破了原有画面的节奏，规整的线条与混沌的底色相叠在一起，感觉是如此不协调，创作似乎无法进行下去了。然而银箔救了他的命，将斑斓而又单纯的银箔铺上画面后，竟然赋予了中国古代帝王画像强烈的现代感。

汪琳同学原是搞摄影的，她的创作题材取自一张戏剧照片：演员在徽州老房子后台化妆，阳光从屋檐的空隙斜洒下，服装盔甲闪着金光，穿越历史的尘埃走过来。人物、服装、场景形成了强烈的时空对比。她一点点地刻画细节，当一切似乎都趋于完美，退后一看，似乎没有追求中的时空交错的迷幻。这时就要大胆破坏了，什么叫破坏？就是打乱原有的画面节奏，让它有一点周星驰的无厘头。淡化周边细节，在朦胧中强调那片喜欢的光影，近处精雕细琢，远处用大片矿物色泼背景，制造画面的扑朔迷离，凸显服装的华美精致，以求达到内心向往的画面。

冬梅等几位从凤阳来的同学，原都是学习传统凤画的，作品用的原本是精致的传统工笔画法。学习期间，我们去凤阳古城采风，皇城根下的凤凰石刻深深打动了冬梅。那种古朴的、沉重的、浑厚的、沧桑的石刻凤凰，让她感到唯有用矿物色材料去表现才能体现其质感。

冬梅用取自凤阳的沙土做底创作新画，她在画面下方施以细细研碎的石土，镌刻出石刻凤凰的厚重感，画的上方用朱砂红做底，施以金箔、银箔、石青、石绿，画上现代五彩缤纷的工笔凤凰。厚重斑驳与绚丽精致产生强烈的视觉冲击，让历史与现代交融，新凤画的形式感让人眼前一亮。

俊慧不愧是科班出身，基本功扎实，她将肌理制作技巧灵活运用在壁画临摹和创作中，完美展示了材料的魅力，这也是她创作中技法加材料的新实验，无限拓展创作手法的新境界。

业芹是位心灵手巧的老师，她常年和孩子们打交道，作品中有种孩子般的灵气和单纯。她的悟性高，创作快，一气呵成，将凤凰画出了具有楚文化意味的典雅。

方玉萍老师更是个性突出，临摹壁画上的侍女都有股侠士的豪气，她将刚烈而直率的性格融入作品中，使人物跃然纸上，很是生动。

静雨是刚刚毕业的学生，她在大学里并不是学美术专业的，可她认真，有灵气，在短短的学习中完成了一幅恢宏的帝王画像。这张画像庄严肃穆，成为她母亲工作坊的镇馆之宝。

宋亚东同学是咱们班最小的孩子，当时他还只是个大三的学生。我们所有同学都要感谢他，因为大家的作品上几乎都用了他制作的材料。材料对他来说是一个崭新的知识点，他要很快将自己的创作与之相融合，其难度高于别人，而他知难而进，非常可贵。

最让人感动的还是我们的李乔老师。李老师起点高、功夫深，是蚌埠财经大学的副教授，也是杰出的工笔画家。他在班里任助教，同学们的每张画里都有他的辛勤付出，他对每位同学的辅导都很认真，修改每幅作品都像他自己创作一样严谨。

李老师有扎实的传统工笔画创作功底，但面对新材料的挑战，李老师也产生了深深的困惑，如何打破原有的创作理念？如何在原有的创作经验中注入新的生机？打破原有的秩序，就需要极大的勇气。所以他经历着比别人更艰难的心路历程。

一个月的重彩画学习时间不长，如果它能引领我们对绘画艺术不断探索，不断产生兴趣，让我们的人生既有追求，又充满愉悦，就是一件有意义的事。

回忆在蚌埠禾泉农庄一个月的时光，"读书文苑"的日日夜夜，大家共同学习，相互探讨，一起喝啤酒，一道探古城，享受着绘画的愉悦，也享受着志同道合的友情。人生的道路很长，值得回顾的日子不多，今天的相聚，也是大家共同的期待。

愿我们的艺术色彩斑斓，愿我们的友情地久天长！

在此还要感谢禾泉农庄的蒋保安老总给我们的大力支持，没有他的支持，我们是成就不了这个班的。在此对蒋总表示衷心的感谢，感谢您对艺术事业的支持，也感谢您给了我们关于那个夏天的美好回忆！

2021 年 9 月 5 日

乔布斯的花园

巴黎，我来了

2007 年夏天，我接到中国美协传来的法国巴黎国际艺术城的邀请函，去巴黎国际艺术城做访问学者。到省美协办手续时，时任主席张松先生满脸狐疑地看着我，问，你和谁去？我说，和鲁迅艺术学院的一位油画女教师。他又问，什么时候出发？我说，我听中国美协的秘书说，和我同去的鲁艺那位女教师由于年龄大了签证没弄好，可能时间要延后，就我一个人去。他继续问，你英语怎么样？我说，不怎么样，法语就更不用说了。他说，我给你一本生活指南，否则你到那儿一个人语言不通，两眼一抹黑，你无法待下去的。到张主席家，他儿子很热情地从楼上送下一个小本子给我，我看也没看，揣兜里就走了。

9 月底，临走前一天到上海法国领事馆拿签证，我这才意识到，如果拿不到签证我压根就走不了，而那张七千元的机票是当晚十二点直飞巴黎戴高乐机场的，那个年代七千元意味着什么，你懂的。

万幸，我顺利取到了签证。

正值台风季节，上海暴雨倾盆，朋友开越野车送我去机场，一路上雨像瀑布泻下来，车如同船在急流中勇进。随着雨刮器飞快地滑动，激越的马赛曲在我心中敲击：狂风暴雨算什么？巴黎，我来了！

到机场后雨没小，风更大了，广播里不时传来某趟航班要延迟起飞的通知。我这趟航班如果延迟的话，我担心到巴黎就找不到接我的女孩了，她叫苗苗，是留学生，她妈妈托我给她带了参考书，她说来拿书的时候顺便接我。

感谢上帝，我们这趟航班按时起飞了。

在飞机上，我摸出张主席给我的小本本，翻开生活指南的第一页，有钢笔字工工整整地标注：艺术城出大门左转，前行 100 米，第一个路口右转，大萝卜超市买菜。注：周末可到巴士底狱广场的自由市场买便宜的菜……哈哈，一系列生活指南。回来后我才知道这是前几年来艺术城的油画家杜仲老师写的，小本本传了好几个人呢。

早晨六点到达戴高乐机场，出关队伍排得很长，看到飞机上坐我旁边的一对留学生情侣排在别的队伍里，我有点紧张了：万一需要他们帮忙呢？谁知到了关口工作人员看都没看就放行了，我推着行李车出来，觉得这也太简单了点吧，在国内费了那么大劲看攻略做准备，到这儿都没用上，那些网上发的帖子是不是都在吓唬人？

出了大厅，我满心指望有个女孩儿举着牌子在等我，但环顾四周，空空如也，什么人也没有。飞机上下来的人都走完了，只剩我和那对情侣，他们显然也是没人来接。想着去打电话吧，我有苗苗的号码。我在小卖部买了一张十五欧元的电话卡，插卡后电话里出现一串听不懂的法语，我想嘀一声后留言这个不会错，果然，苗苗接到电话后顺利找到了我。我们走时，那对情侣还孤零零地站在那儿，我突然觉得自己还是挺棒的。

苗苗见我有这么多行李，说如果乘出租车要一百六十欧元，她想了一下坚定地说，我们坐小火车和地铁吧。小火车就在机场门口，开往市区的路上，要不是四周都是讲法语的老外，我真不相信这是在大名鼎鼎的巴黎，破旧的围墙缠着铁丝网，墙上是杂乱无章的肮脏涂鸦，简直像国内废弃的旧铁道，后来和来过巴黎的朋友交流，大家都有同感。

从小火车转地铁，我们赶上了上班早高峰，地铁里挤的全是年轻人。刚上地铁，立刻有帅哥过来热情地问：需要帮忙吗？有位帅哥不说话，一手帮我们提一个箱子，做手势让我们先上车，他紧随其后，他换车时很负责地找了位接班人继续帮我们提箱子。在换乘了两次地铁的情况下，我和苗苗始终只拿着随身小包包，行李皆由各位法国帅哥轮班代劳了。有了这个经验，我后来在欧洲旅行时，再也不怕出门带行李了（此处偷笑）。

出地铁我一眼就看到了路旁的艺术城大门，秋日艳阳下的艺术城美艳极了，中世纪的砖墙上铺满了红叶，视觉冲击力强到许多年后每每想到艺术城，梦中都是那片红叶。

苗苗要赶时间回学校，匆忙帮我填好登记表，付过费后，果然就出现生活指南中描写的情景：一个高大的黑人管理员走过来，带我们来到中国艺术家工作室 8303 房间，告诉我在哪儿倒垃圾、几时换床单、哪面墙可以钉钉子、哪面墙不可以。钉钉子很重要吗？我想，对画家，他们是要防备这点的。

房间布置得很简单，但该有的都有。推开窗户，正是梦想已久的塞纳河，绿树间透出湿润的气息和水面的波光。顾不得细细欣赏，我们先去展厅订办展时间，攻略上说展厅订迟了回国时还排不上，展览就没法做了。

苗苗临走时给我写了个字条：一、如非必要，不要给她打电话；二、我回国的时候她会来送我去机场。我当时很诧异，觉得她的做法好无情啊，我一个人在这里连寻求帮助的机会也没有了。在这生活了一段日子后，我理解了她的不易。但我俩都没想到，我回国时已不需要她送我了，我交了很多巴黎的朋友，当然这是后话了。

理完东西躺在床上倒时差，忽然电话铃响了，吓我一跳，我瞅着电话半天也不敢接，在这谁会给我打电话呢？如果不是打给我的电话，那一定是用法语说话，我怎么回答呢？我小心地拿起电话，是法籍安徽老乡丽新打来的，我特别高兴，她怎么就知道我来了，这情报也太准了！她哈哈大笑问，你在合肥机场碰到谁了？我哥哥说他在机场碰到你，你说来巴黎，哥哥还以为你逗他玩的，我现在打电话来验证一下，你果然来了啊！接着，她把自己这段时间的安排告诉我，说好我办个人画展时她一定来帮我。这个电话把我独在异乡的恐慌排遣了不少，我憧憬着巴黎美好生活的开始。

在巴黎的第一个夜晚我就是这样枕着塞纳河的粼粼波光，瞅着倒映在天花板上的游船光影，仿佛在观看一部法国大片中入眠的。

2007 年 10 月

巴黎国际艺术城

巴黎国际艺术城是法国政府给全世界艺术家的一个福利。

他们把巴黎市中心位置最好的一片公寓楼，做成接待全世界艺术家的工作室，所有的房间都由各国政府或私人购买，供艺术家使用，法国政府收取每位艺术家很便宜的房租，并提供一张免费的博物馆参观卡。

2007年夏天，我接到中国美协转来的法国巴黎国际艺术城的邀请函，去艺术城做访问学者。

巴黎国际艺术城8303房间，是法籍华裔画家吕霞光先生捐给中国美术家协会的，意在给中国画家提供来巴黎学习了解西方艺术的机会。凡是中国美协会员都可以申请，但中国美协会员有那么多人，谁不想来巴黎呢？能来，是很幸运的。

那年，幸运之星落到了我头上，作为中国美协工作室的访问学者，我将在塞纳河畔艺术城的这间画室学习工作。

艺术城共有300多个房间，可以同时接待全世界几百位艺术家，包括美术、音乐、戏剧、电影等领域。中国美协从1984年开始选派画家来此学习，每次两人，时间为半年，后来申请的人太多了，改为三个月。迄今为止选派的女画家很少，我非常珍惜这个机会。

旅法艺术家吕霞光先生是安徽临泉县人，生于1906年6月，卒于1994年2月，享年88岁。先生是著名画家、古董鉴赏家、收藏家。

1925 年考入上海艺专攻读绘画专业。1929 年师从徐悲鸿读研。1930 年底赴法国巴黎国立高等美术学院留学。1931 年考取比利时皇家艺术学院公费生。1935 年重回巴黎国立高等美术学院进修。抗战初期他回国参加文化抗战，后来虽遥居海外，却心系祖国，先后两次回到家乡，设立霞光奖学金，资助一批又一批学子完成学业。他于 1964 年捐款在巴黎国际艺术城 8303 房间建立画家工作室，并将其赠予中国美术家协会，供中国画家来法国学习。工作室于 1984 年揭幕，2007 年我来之前，已有一百多位艺术家住过了。

吕霞光先生去世后，他的儿子吕重庆先生是位牙医，虽然没能继承父亲的艺术事业，但仍然关心来此的中国艺术家，会定期来艺术城看望新来的画家。中国美术家协会为了表示对吕霞光先生的敬意，特在工作手册上规定，每个来此工作室的画家应主动拜访吕重庆先生。

2007 年金秋时节，我来到了梦寐以求的巴黎。

出了地铁，一眼就看到了路旁的艺术城大门，我在家里多次研究过艺术城的照片，身临其境还是很震撼。院里堪称巍峨的断壁残墙上，爬满了错落有致、红绿相交的植物，浪漫的欧罗巴气息扑面而来，强烈的荣誉感也油然而生：巴黎，我来了！艺术城，我来了！

在接待厅填好表，一个高大的黑人管理员走过来：你好！欢迎！他用中国话跟我们打招呼，带我来到 8303 房间。推开窗户，塞纳河从绿树间透来湿润的气息，水面的波光倒映在天花板上，踮起脚隐约能望到巴黎圣母院的尖顶。我踮脚向窗外看，一阵鸽哨声从蓝天划过。

8303 房间是个双房的套间，有五六十平方米，外屋是个挺宽敞的客厅兼画室，角落放了一张床，另一张床放在里面的通道上。房内有厨房、卫生间、洗澡间、储藏室、冰柜、酒柜、画架、画桌，该有的都有了。我们觉得挺好，来艺术城玩的中国朋友都特别羡慕，但法国朋友看了却替我们鸣不平，觉得给艺术家这样的待遇太差了，在法国人眼里，艺术家是很崇高的荣誉。其实他们不干这一行真不了解艺术家，世界上无论哪个国家，艺术家贫穷都是常态，有几个像罗丹、莫奈那般豪华呢（莫奈晚年才有钱）？中国这几年艺术家的地位普遍提高了，我们算是幸运的一批。

艺术城的管理制度健全，大门是密码锁，每当更换密码时，清洁工会把写好密码的卡片放在桌上，外面的人是不可以进来的。有几次我逛街回来遇到热心人尾随，到了门口他们只有与我拜拜。

接待厅墙上有各个房间的电话，便于大家交流。接待厅有个旋转楼梯，下去便是音乐厅，来访的艺术家可以在此办音乐会、表演。出门右转有美术馆，专为艺术城画家办展用。

艺术城紧挨塞纳河，对岸就是巴黎圣母院的后花园，随时可以去散步。后花园对面有个很著名的餐厅"银座"，是日本人很喜欢的地方，据说日本天皇都在这里用过餐。餐厅外表很平常，但它有两个特点：第一，这里的酒是按年份卖的，付过钱后，侍者到地窖去找那个年份的酒，连灰尘一起用托盘送到你面前，打开后再倒入大口水晶瓶端上来；第二，餐厅每天晚上十点钟准时熄灯，为的是制造浪漫，让所有的顾客在黑暗中观赏对面巴黎圣母院花园的灯光。

光怪陆离的梦幻之光，笼罩着圣母院缤纷华美的哥特式建筑，雨果笔下的敲钟人、美人艾斯米拉达仿佛正穿行于花园中，恍如梦境，没有身临其境的人无法想象。

因为偶然的原因，在艺术城的后半段时间我住在四楼的以色列工作室，这个房间和我们8303房间不一样，有两面窗户，一面朝着艺术城花园石壁上的红叶，窗外就是一幅色彩斑斓的现代壁画；另一面朝东，对着很有历史感的私家公馆，公馆白墙绿门，镶着金边铁艺装饰，每天早晨可以看到太阳从那些古色古香的楼顶上升起。

以色列这个国家让我充满了好奇，住进来后发现他们真的很讲究，很干净。打开酒柜，高脚杯、银餐具被擦得铮亮，没有人走时会把东西拿走。那年以色列是不是遇到战争没有艺术家来，所以让我住进去了？

艺术城同时接待世界各地的艺术家，这里不是联合国，没人给你配翻译，每天大家在走廊电梯相遇，会用世界上各种语言互相问好，复杂的事就用表情加肢体语言表示。有次在电梯里遇到缅甸的舞蹈演员，他刚刚在小剧场表演完舞蹈，看到我们立刻用塑料袋套在头上，引得大家哈哈大笑。

圣诞节的时候，隔壁的非洲艺术家用买鸡蛋的托盘，剪成一个个蛋形，用麻绳穿起来挂在门头，庆祝圣诞。而我和云南艺术学院的钢琴老师则混到巴黎圣母院平安夜的唱诗班里去了。

2007 年 12 月

巴黎日记·看画展（一）

　　我刚到巴黎时，几次路过大皇宫都看到有长长的排队人群，因为不懂法文，觉得好奇。昨天在中国驻法国文化中心，他们议论法国人最会办炒冷饭式的展览，形式变来变去，内容就那么多，库尔贝作品也是多次展览了。我这才知道大家在大皇宫排队买票是看"库尔贝作品收藏展"，我正好想看，今天起个大早去看。

　　天空阴云密布，天气寒冷彻骨，大皇宫前队伍排得挺长，几乎看不到头，有年轻人，也有衣着讲究的老人。一位老太太穿着长裙在寒风中瑟瑟发抖，仍然耐心地等待着，大家互不认识，甚至语言不通，有人让老太太先买票，但老人不为所动，摇了摇手依然坚持站在队伍里。

　　看展览是法国人生活中很重要的一部分，两个老朋友许久没见了，约好在某个画展上见面，一起排队聊天，看完画展，在咖啡厅小坐叙叙友情，完了再买上自己喜欢的画册。一般展览门票是十欧元，画册是四十欧元至五十欧元，如果再喝杯咖啡，六七十欧元就没了，但他们很愉快，这是巴黎人常见的约会方式。

　　队伍里有坐轮椅的残疾人，也有寒风中独自拄拐杖的老人，大家都默不作声静静等待。远处传来优美的音乐，排到前面一看，是街头艺术家在吹黑管，还带着音箱放和声，音乐让人忘掉排队的寒冷，反而觉得是一种享受。

47

巴黎人的性格真是好，做任何事情不急躁，很包容，很友好。

有一次在地铁中转站，很拥挤，没有椅子，只有一排让人可以靠靠背的栏杆，一位五十多岁衣着讲究的女士看到我们，就微笑着给我们让出点空。我们问她，是下班吗？她说不是。她说，她坚持了16年每天不缺席，在高峰的时候来地铁站送盲人回家。我们问，你和那些盲人认识吗？她说，不认识，看见谁就送谁，完全是自觉自愿的。

进入大皇宫展厅，室内有暖气，女士们纷纷脱下大衣，露出里面讲究的衣裙，闪闪发光的首饰与服装搭配得无可挑剔，尤其是那些上了年纪的女士穿着更为讲究。

库尔贝生于1817年，于1877年去世，是法国现实主义画家。展览按时段、风格、内容分成了几个部分，不同内容的墙壁用不同的颜色，白色的小字用灯光直接打在墙上，布置得十分讲究。

第一个部分是头像，很多是画家的自画像。1840年至1850年部分是古典主义绘画风，风景、女人体，画得十分细致，那时候已经有照片了，他肯定也借鉴了一些。

展厅里非常安静，大家说话的时候都是头挨着头，很小声的。

1850年至1860年，画家改变了自己的风格，粗犷，热衷于画林中的小狗、小鹿，并有超大的画面。

1865年以后有几张金发女孩的画，我很喜欢。

20世纪70年代后，画家晚年画了一批海景，风格多样，静物、风景、人物无一不能。

他的素描、速写画得也很棒，用笔很精到。既有大幅创作，也有小幅情调，生动而自由，由此可见，法国人民对他的热情始终不减是可以理解的。

从大皇宫出来，雨下得很大，我冒着雨赶到罗丹艺术馆，下午四点钟的天已经快黑了，室外的雕塑就没法看了。

我的功课做得不够，第一，不知道公馆和花园是他最后几年居住的地方；第二，也没有找到他的学生情人卡米尔的作品《浪》。

罗丹的每件雕塑作品都有一个故事，可惜我不认识法文，也许要找的东西就在身边，但我却熟视无睹，都说艺术无国界，可文字和语言都太有国界啦！

我看到那只精美的手的雕塑了，据说它是从活人手模上取下来的，拷贝版就卖到了 5 万欧元。

罗丹活到 77 岁，1880 年，40 岁的罗丹接受政府定制：以但丁的《神曲》为创作素材，装饰艺术博物馆的青铜大门。

《地狱之门》与意大利文艺复兴时期吉贝尔蒂的杰作《天堂之门》相对应，罗丹一直做了 37 年，直到去世。在这个大件创作中，派生出罗丹一系列的名作，与莫奈晚年在视力不行的情况下，用 12 年时间创作《睡莲》一样：艺术家要耐得住寂寞，不是一般的，而是长期的，一辈子的事。

室外的花园很大，透过玻璃窗都感觉到清风中弥漫的玫瑰花香。晚年时的罗丹和莫奈、雨果都是享受法国政府支持的艺术家，他们比起那些底层潦倒的艺术家就太幸福了。

听说他陈列雕塑的花园有三公顷之大。

巴尔扎克的故居也在附近，一定要再来一次。

2007 年 12 月 17 日

巴黎日记·看画展（二）

　　每天都是这样，在巴黎圣母院的晨钟声中醒来，在窗前蓝天白鸽的画面中计划着今天去哪里，看什么，拍什么。快要到回国的日子了，总是这样，就像外出写生，每次都是要走了，我才觉得时间不够，哈哈。

　　上次去罗丹艺术馆下大雨，外面的花园未来得及看，踏着冬日温暖的阳光，我再次来到罗丹花园。

　　路上我接到法国国家广播电台华语栏目《东西南北中》节目主持人苏菲的电话，约定明天中午采访的事，主要谈东西方文化比较。她叮嘱，是现场直播，语言一定要干净。压力来了，在法国，我的中文可以吗？不会法语的尴尬让我连说自己的母语都不自信了。

　　远远看见罗丹艺术馆旁边那座镶着金边的教堂，屋顶在瓦蓝瓦蓝的天空的衬托下，有种特有的法国味道。

　　今天我做了功课，再来罗丹艺术馆心里有点数了。

　　艺术馆前面是两层楼的展厅，后庭花园里陈列着大型雕塑，《地狱之门》《加莱义民》《思想者》都在这里。花园很大，非常气派华美，罗丹晚年生活在这直至去世，他非常喜欢这里。

　　走近自年少时就千百次看过的、用手支着头的《思想者》雕塑，我触摸到与以前完全不同的感觉。前几天我和女友真辰在先贤祠看过一段罗丹下葬的纪录片，众多学生冒着大雨，抬棺为罗丹送葬，棺木就埋在

《思想者》雕塑下面，用自己的作品做自己的墓志铭，对艺术家而言，是最崇高的礼遇。

罗丹和雨果晚年都享受着法国政府的优厚待遇，比起他们为法国文化做出的贡献，当之无愧。

终于找到了罗丹情人卡米尔的作品《浪》，这是一尊五六十厘米高的女人体，立着的少女头侧靠在臂膀上，一手按在胸前，长发飘落，浪花从臂弯下溅出，洋溢着法国文艺复兴时期的浪漫。卡米尔19岁时遇到42岁的罗丹，他们在一起相爱20年，这20年是两人创作的高峰。卡米尔给了罗丹所有的灵感和激情，罗丹的《地狱之门》上的一些形象是以卡米尔为原型，卡米尔离去后，罗丹到死也没能完成。

还有《思想者》，基本上是《地狱之门》上面人物形象的放大版。

卡米尔本人是位天才雕塑家，法国电影《卡米尔·克劳岱尔》用三个小时来证明她个人的艺术成就，不谈罗丹，她也有自己独立的艺术地位。可电影被引进中国时电影名被翻译成《罗丹的情人》，很荒唐。听说卡米尔的弟弟保罗当年是法国驻中国大使。

后庭花园很大，很开阔，长方形的草坪在冬日里碧绿依然，四周的树木叶子已凋零，疏朗中更突出了雕塑的醒目，有凡尔赛宫前皇家花园的气派。草坪尽头有个圆形大水池，雪后冰面晶莹剔透，水池中央有一组青铜群雕，一男三女人体组合，男人身边依偎着三个女人，这一定是罗丹热恋中的作品。

走时回头看，水池中的冰面倒映着蓝天，同样透着湛蓝的光。

告别罗丹我来到他的学生马约尔的工作室，两地离得很近，步行即到。

马约尔的工作室比老师的小了很多，迎门横卧的女人体是他的代表作《河流》，以前我只知道他的《地中海》。女裸体席地而坐，光滑丰满的体态象征和平宁静的地中海，内在却盛满了生命力。马约尔用女人体象征大自然，表现出 20 世纪初激动不安的时代气氛。丰满健壮的形象让我联想到兰州黄河大桥旁《黄河母亲》的雕塑，这是艺术无国界的又一次体现。

大厅里放的作品不太多，温馨的小咖啡馆里陈列了几件我喜欢的小作品，为此我花 6 欧元买了一份点心，可以边吃边仔细地看。

今天背了相机出来，我打算到橘园美术馆拍莫奈的《睡莲》。在巴黎众多的美术馆里，我最喜欢的就是橘园美术馆，来过几次，莫奈的《睡莲》让我心动不已。看到书店里有印刷的《睡莲》长卷图，我已经准备买了，但仔细看印得不够好——这眼力是在美院练就的，还是相信自己拍的会更好。

在作品《睡莲》前，我先将喜欢的经典局部拍下来，再沿着画面平移，一步一步地拍，管理员看着我没有吱声，墙上也没贴禁止拍照的图样，但我心里仍然不安。

我拍得很小心，一幅画分几段拍，准备回去在电脑上拼到一起，八张画整整忙到博物馆关门，收起相机，心中有些窃喜。

外面的天已经黑了，回去路过艺术城边上的商店，我把那双看了好多遍天天在橱窗里旋转的靴子买回来了，花了 300 多欧元，好像给自己的奖励，心里很欢喜。

2007 年 12 月

闻声识故人

2007年秋天，我在巴黎尚博尔城堡遇到一位德国留学生，我们同游这个城堡，在我感叹尚博尔城堡将中世纪传统建筑模式和古典意大利式风格完美结合时，他给了我一个建议：你去法国与德国交界的斯特拉斯堡，如果你对中世纪的建筑感兴趣，如果你又是学艺术的，我强烈建议你去。

圣诞前夕的一个早晨，我独自一人乘坐法国的特快列车，准备探访这个颇有名气的边境小城。

70欧元的头等车票价，车行两小时后到达斯特拉斯堡车站。

大约是头天晚上喝了冰啤酒的缘故，我在列车上隐隐感觉胃疼，数次"光顾"车上精美的卫生间，奇妙的是火车到达斯特拉斯堡时，我的胃疼竟好了。

火车站的设计很独特，外形是个圆形的大玻璃罩，外观特别像北京鸟巢的模样。回国查资料我才知道这建筑是伊拉克裔的建筑界"女魔头"扎哈的作品。

我随着人流走过车站广场，广场的左边有几座形象各异的女人塑像，随手拍了几张照片，待我转过身来，发现拥挤的广场只剩下我一个人了。不着急，我的回程票是晚上九点的。

沿着古色古香的小道，我慢慢前行，街道由很干净的小石头铺成，两边的房子每座都不一样，远看就像格林童话的世界。窗户上吊着不同的礼盒、圣诞老人的玩偶，到处都弥漫着节日的气氛，我这才想起买票时那位法国美女说，斯特拉斯堡是世界上著名的圣诞礼物市场。

培思灰的天空衬着斯特拉斯堡大教堂高耸的尖顶，地平线深处抹着几笔浓郁的云层，大约是昨夜的一场新雨让空气清新得让人只想深呼吸，我如同行走在欧洲古典油画的风景中。

走上一座古老的石桥，桥下河水湍急，惊起大群海鸥，白色的翅膀划过来划过去，远处还传来阵阵风铃声，感谢上帝把我引到这里。

正忘情时，一阵胃疼把我从仙境拉了回来。

当时，我最渴望的是在中国唾手可得的一杯热茶，但在这里，很难实现，除了咖啡馆还是咖啡馆。忍着胃疼，我在超市买了一包柠檬茶，可是到哪里去找热开水呢？没看到一个亚洲面孔。我拿着茶叶一条街一条街找着，就在几乎绝望时，忽然听到远远飘来邓丽君的歌声，我仿佛听到了福音。

循着这个声音，我找到了一家首饰店，老板娘是亚洲面孔，我小心翼翼地问：请问，你会说汉语吗？她抬起眼睛告诉我：我是中国人，需要什么帮助吗？

我告诉她想要一杯热水，她摆了个西方人的动作，摇着头说没有，她也很久不喝热水了。转了几圈，她忽然拍拍头，有了，她走进里间，不喝热水的老板娘终于找到热水壶，插上电给我烧了一壶热茶。

我俩边喝茶边感叹：有华人的地方就有邓丽君，换句话说，有邓丽君的地方就有华人。

老板娘是东北姑娘，曾经在澳大利亚留学，回国后在上海认识了现在的老公，她远离家乡放弃自己所学的专业，跟着法国老公定居在这个古老而美丽的小城。

两杯热茶治愈了我的中国胃，我环视她凌乱的小店，她说是才开的，还不会弄。这个我内行，我得意地一边给她的小店画陈列图，一边告诉她自己是搞美术的。老板娘则热情地向我推荐斯特拉斯堡的夜景，说：这里的夜景是欧洲非常独特的一道风景。

天渐渐暗下去了，跳蚤市场上的圣诞礼品发出温馨的光亮和动听的音乐，这个城市完全变成了童话世界。橱窗里，驯鹿拉着银质雪橇，踏着圣诞音乐，一如飞驰在闪烁着北斗星的夜空。

教堂的钟声响了，流连忘返中我发现，回巴黎的火车还有半小时就开车了，我赶紧找来时路过的标志性大教堂，但教堂的尖顶隐没在夜幕中，所有来时记忆中的建筑都消失得无影无踪了。

我焦躁地穿过几条街，发现自己彻底迷路了。

急中生智，想起相机里还有早上拍的几张火车站的照片，我找出车票赶紧向路人求助。这时一个法国帅哥刚刚从车上下来，我冲过去把照片和车票比画着给他看，他立刻明白了我的状况，情急之下他一把把我拽上车，飞快地驶向车站，向警察打着手势，把车停到离进站口最近的地方，指着检票口把我推了进去。

刚踏上车火车就启动了，我贴着车窗无声地挥手，恨自己为什么没用学会的法语说声"谢谢"呢？

2007 年 12 月

橘园漫步

　　巴黎拥有无数的美术馆和博物馆，最让我心醉的不是举世闻名的卢浮宫，而是那座小小的橘园美术馆。她静静地坐落在卢浮宫前杜勒花园的一角，这里曾经是宫廷花园内栽满橘子和柠檬的温室，清新雅致，飘散着温馨的芳香，20世纪初改建成小型美术馆，印象派大师莫奈的巨作《睡莲》在此做永久性的展出。

　　步入橘园美术馆展厅，首先踏上的是一段依照莫奈画中景物所建的桥形长廊，长廊一侧的玻璃柜里摆放着莫奈创作《睡莲》时的照片。青绿调子的日本桥让人还没进展厅，就已经沉浸在莫奈营造的艺术序曲里了。

　　穿过洁白的过道，面前展现出我们在电影和画册中曾无数次看到过的椭圆形大厅。

　　大厅宽广而宁静，午后的阳光从展厅玻璃顶层倾泻下来，照射在墙面上，和谐而通透。四周环绕着总长92米的巨幅《睡莲》，八幅画分置在两个同样大的展厅。展厅中央放置的也是椭圆形的长椅，观众可以静静地坐在这里环视四周，欣赏不朽的《睡莲》。

　　波光粼粼、梦幻般绚丽的画面包围着你的周身，浑厚的男中音解说词伴着肖邦的钢琴曲如流水一般在耳边回响；柳叶摇曳，彩云倒映，池塘中盛开着馨香四溢的睡莲——令人流连忘返。

　　《睡莲》系列是莫奈在其故居吉维尼创作的，描绘了花园内一池荷花与阳光的遐想幻景，莫奈在这幅画中强调光线引起的色彩变化和瞬间感受，画面的闪烁效果和瞬间感表现了时光的流动。大师特别高明地将池塘的地平线提高，让观众坐在大厅中央有四周的池水涌向自己的感觉，让人忘记自己是在吉维尼夏日午后的池塘边，还是在莫奈的绘画前。

　　莫奈一生画了三百八十多张睡莲，这个系列是他晚年用了整整八年的时间创作完成的。1918年第一次世界大战结束后，他主动提出来将这八幅巨作赠给法国政府，并亲自选择橘园美术馆作为收藏地，当时的法国政府不顾战后伤痛，耗巨资重建美术馆，为《睡莲》量身定做了永久性的展览空间。

2007 年 12 月

巴黎来信

从法国回来已经三年了，又到梧桐树叶黄的季节，女友丽回国探亲，从巴黎给我带来一封信，说 Adler 先生去世了，走得很突然。

在巴黎，我与 Adler 先生相识完全是个偶然，没想到这个偶然竟然延续到现在，窗外的梧桐叶如当年一样金黄，我不由得想起在巴黎与 Adler 先生交往的点滴故事。

2007 年的秋天，我住在巴黎塞纳河边国际艺术城的一间画室里，那是我刚到巴黎的第一个周末，语言不通，举目无亲，初到巴黎的恐慌和孤独攫住了我。面对梦想中的巴黎，我只记得契诃夫的一句话"孤独的人觉得到处都是沙漠"。

小时候我父亲跟我说过，世界上有一个词正过来反过去说都很美，但意境完全不同：巴黎的夜，夜的巴黎。

此刻的我正身处迷人的巴黎秋夜，却孤单一人倚在窗前，对着塞纳河水发愣。忽然有人敲门，来人是去年在艺术城住过 8303 房间的山东画家郭老师。他见我这样，便指了指窗外的梧桐树对我说：等这树叶黄了，落了，你就能回家了。大约去年他也有过这样的心情。

塞纳河上游船橙色的灯光穿过窗栏，将河水倒映在空旷的天花板上，波光粼粼，游船上的音乐也随风而入，宛如屋里正在上演热闹的电影大片，即便这样也驱赶不了我独自在巴黎的孤寂。

　　许多年后，当我走遍世界上许多国家，直到有一天我不想再走了，才明白如果不能跟人交流，再美的风景与我何干？走再多的地方又有什么意义呢？

　　十月份，我在艺术城举办个人画展，画展上遇到一位会讲中文的比利时画家，用他的话讲：我和波罗先生同一个国籍。他圆圆的脑袋，穿件深灰色的花呢子风衣，一手提着皮包，一手握着礼帽，说话时常常把礼帽贴在胸前，不停地弯腰行礼，谦恭而热情。

　　他来回踱步看我的作品，张开双臂夸张地说：啊！你的画很美，充满东方情调，我要把你介绍给我开画廊的朋友 Adler，他一定会喜欢你的作品。我被他的热情感动着。

　　几天后，这位比利时先生领着我去画廊，在这我遇到了 Adler 先生。

　　说是画廊，其实是一个店面不小的古董店，雕花柜台上琳琅满目的艺术品古色古香，墙上挂着一些年代久远的画作，吊灯、地毯、雕花橱柜无不透着巴洛克风格的历史印迹。

　　比利时画家一进门，就热情地拥住 Adler 的肩膀，两人头碰头在一起用法语低语。说实话，第一次见到 Adler 先生，我并没十分在意他的模样，反正不懂法语，我就慢慢看那些艺术品，让他们聊天。

　　比利时画家向 Adler 介绍我，把我的画册翻给他看，并邀请他去看我的画展。Adler 很温和地转向我，一连串字母从他口中吐出，可我什么也听不懂，只能静静地看着他灰色的眸子。

　　我在橱柜里发现有些东方的艺术品、画作，还有中国画家的画册、书法等，看来老板是真喜欢东方文化。

　　Adler 一会儿转向我介绍店里的藏品，一会儿转向比利时画家说些什么，我只顾看东西，听不懂他们在说什么。比利时画家把我领到一边，指着我带去的一张工笔画说：如果不介意的话，可以把这张小画放在店里试试销售。Adler 小心翼翼地展开画，伏身仔细观看后转身询问地望着我们。OK，OK！比利时画家爽快地替我答应着。

Adler 写收条递给我，签名字体很美，我抬头看了他一眼，正巧，他也盯着我的中式绣花棉袄。

接下来的日子，我很快走出了初到巴黎的孤单，下午常有朋友约饭局，更开心的是认识了几位国内画家朋友，并且遇到了安徽老乡——法籍女友丽。她早年在巴黎学法律，毕业后在这里结婚生子，现在是巴黎艺术圈的活跃人物，做文化经纪人，我们在国内就熟悉。

一天我和丽逛街，沿着 16 区莱努合大街散步到巴尔扎克故居，走过一条小街时，我发现前面竟是 Adler 的古董店，就对丽说：这里有我的画哎！她有几分吃惊地看着我：这是 16 区，巴黎最贵的商业圈，能在这开店的都是有钱人，你怎么能把画放在这？我拍拍她的肩膀神秘地笑道：去了你就知道了。

走近发现门锁着，古风式样的门牌上写着"有事稍候"，待我们回头，Adler 出现了，他今天穿得挺精神：橄榄色的细格休闲装配灰西裤，打着墨绿色领带，满面春风地迎过来。认出我来后，他指着对面咖啡馆要请我们喝下午茶。

点了咖啡、红茶和点心，一会儿工夫他便和丽聊得很熟了，我又一次被晾在一边，除了保持微笑以外，我不知道还能做些什么。

午后的一抹斜晖映着 Adler 的侧影，凸显出他完美精致的轮廓，金色的卷发在白上衣的衬托下，透着法国人特有的浪漫气质。

好不容易等 Adler 起身去续水，丽转身诡秘地对我说：你猜他刚才跟我说了些什么？什么？我问。他说他第一次见到你就爱上你了。她强调说：用的是爱，不是喜欢！那天因为不喜欢和你同去的比利时画家，才没告诉你。他说喜欢你的宁静目光和绣花红袄，充满东方神秘感的神情，那么安静。还喜欢你的画，鲜艳而热烈！

丽兴奋地拍着我的脸：他想让你嫁给他呢！我被她一通连珠炮轰得

晕头转向，哭笑不得辩解道：我不说话是因为我不懂法语啊！她打断我的话：放心，我帮你回了，你可是有家有孩子的人啊！但 Adler 说没关系，他有办法，说让你在中国住半年，法国住半年，在法国时，你把作品放在他的店里寄售，这样你就不会有寄人篱下的感觉了。

丽一副八卦的表情对着我，我也用坏笑回她：你凭啥就帮我回了呢？心里却想：真是法国人啊，能想出这样的离谱计划！

窗外梧桐树叶黄了的时候，我到了快要回国的时候。Adler 和朋友一起来画室做客，并送来帮我卖画的钱。我们沿着塞纳河岸边漫步，深秋的巴黎美得让人无法呼吸，黄昏的天空湛蓝得像宝石，他会说中文的朋友跟我说起 Adler 的家世。

Adler 是犹太人，爷爷那辈移民到法国，一直在巴黎做房产生意，因为家里几代人都爱好收藏艺术品，东西太多才开了这家店，不在意赚多少钱，只想留住美好。

说这话时他双手抱在胸前，灰色的眸子在夜空下闪烁。

他说自己非常迷恋东方艺术，我回国以后只要愿意，可以继续把作品放在他店里寄售，并且希望我随时再来巴黎开画展。

巴黎的夜幕落下来了，塞纳河左岸灯火通明。

我回国后的几年中，Adler 每次都按时给我捎画款，非常守信。

此刻丽坐在我对面，她从信封里抽出一沓崭新的欧元推向我：这钱是 Adler 店里给的，说是付你的最后一笔画款。她说：前阵子我路过那儿，见他们店门上挂着停业的牌子，不知道是怎么回事，跑过去问，只见店里有位女人，待我说明来意后，她从抽屉拿出准备好的信封递给我，说是 Adler 交代过这笔账的。他的生意不做了？我问丽，她理了一下头发把脸扭向别处不看我的眼睛：不，他走了，店里的女人说他死了。丽眼里闪过一丝不易觉察的躲闪。

我望着窗外的梧桐树，眼前浮现出那天温柔的巴黎下午茶，和

Adler深灰色的眸子。三年前离开巴黎时，我没有去跟他告别，真怕自己抵抗不住那个建议，抵抗不住对巴黎难以割舍的眷恋。我低声和丽说：不为他，只为巴黎！

我把那个塞纳河畔的黄昏和巴洛克风格的小店一起印在了心里。

如今一切都没了，我不是说钱，是那个人，是那份守信的相约，是那份寄托着我对巴黎缥缈想象的遐想。

2010 年 12 月

首尔随笔

八月底，正当我为个人画展忙得不亦乐乎时，朋友来电话说去韩国的签证办好了。这原是上半年就开始筹划的"2005亚细亚女性美术大展"，由韩国主办，中国、日本、韩国等地女画家参加。展出地点在韩国首尔市国立美术馆。中国方面选送了二十多幅画，其中有五张我的作品《夜来香》系列。

实话说，我对韩国的情况知之甚少。电视里演得如火如荼的韩剧，我实在没空去看。有人送我几张《冬季恋歌》《蓝色生死恋》的影碟，竭力推荐韩国帅哥裴勇俊，盛情难却，我只好边画画边瞄上两眼，好不容易看到放完也没搞清楚谁是裴勇俊，倒是后来在首尔免税商店的大招牌上认清了这位韩国帅哥。

我们代表团一行十人乘坐的飞机在阳光灿烂的秋日从济南出发。顺便说一句，回来在韩国仁川机场的候机厅，看到屏幕上显示到青岛、盐城、威海等中国城市的航班，我觉得仿佛在家门口的长途车站等车。世界与我们的距离这么近，我为自己的孤陋寡闻而汗颜。

空中的能见度很好，飞机穿越黄海上空，俯瞰下面星星点点的岛屿移动着，海水在阳光下熠熠闪烁，浩瀚无际。

一个多小时后我们降落在仁川机场。大厅的广告牌上显示中文版"动感地带，首尔欢迎你"，让我们全然没有出国的感觉。出口处，一位满脸堆着友善微笑、自称"阿仁"的翻译小伙，高举着"国际艺术协会"的牌子，引着车前贴有"外国人观光车"字样的大巴车开过来，大家笑道："哈哈，我们终于成外国人啦。"

大巴在高速公路上飞驰，阿仁喋喋不休地给我们解释，因为发音和拼音的问题，汉城改称"首尔"，我们觉得这里大概有更深层次的文化因素吧，但我们的机票和旅行图上印的还是汉城。

越近首尔，大都市的派头越显现出来，汉江上一道道高架桥，整片整片的高层建筑，鳞次栉比的商铺，醒目的广告牌，都排列得井然有序，纷繁中体现着一种有序的美感。

作为画家代表团，我们参观最多的是美术展览。首尔能办美展的场所很多，除了美术馆，许多供游人参观的古建筑里都有展馆。我们的画展在国立美术馆开幕，展出近百幅作品。

开幕式上，各式各样的女画家作品与服饰争相斗艳，让人目不暇接。作品的学术水平只属一般，但是展览的建筑、展厅的布置、环境氛围的营造，都给我留下深刻印象。尤其是观众从容不迫欣赏艺术的情景，让我很感动。

我们花了一整天的时间参观国立现代美术馆，这是韩国最大也是唯一的国立美术馆。这座美术馆在 1969 年始建于景福宫，中间几度迁徙，最后在 1986 年定址于具有国际化规模与现代化设施的景川。由此可见，韩国政府对文化投资的力度之大。美术馆的周围被大片的绿草环绕着，草坪上矗立着一座座现代雕塑，雕塑旁盛开着美丽的百合花，将自然美和艺术美和谐地编织在一起。

美术馆的中央大厅，摆放着韩国著名艺术家白南准先生的代表作《多多益善》，这件作品是由三星电器集团捐赠的，由几百台电视机组成的塔形雕塑，高数十米，所有的电视机在同时播放，很是壮观。韩国艺术家每每提及都引以为豪。

美术馆有多个展厅，不论是古代艺术馆还是现代艺术馆，每个展厅都设计得简约大气，非常到位。

在世界现代艺术领域里，韩国的平面设计处于国际领先水平，这一点充分体现在美术馆的每一个细节处理上。在展览布置上，他们毫不吝惜空间，偌大的展板只在黄金分割点上精心排列着几组小字，简单而明确。每幅画的置放与排列都颇具匠心，宽大的展板上往往只挂一张画，不怕你不慢慢踱步，细细欣赏。在这里，韩国人充分展示着他们的设计理念，背板、光线、视觉、节奏等所有因素都用来烘托作品本身的魅力，让你专注作品，享受艺术。

首尔一周，还让我们深深体会到这座城市照顾女性的人性化建设。比如，展览馆的画挂得都不高，为的是顾及女人的视线；宾馆洗脸池的台板也不高，让身材较矮的女人洗脸时手臂不必抬得太高，水花也不会溅到胸前的衣服上。最惬意的还是称卫生间为化妆间，门口摆放着鲜花，宽大的洗手台边上铺放着软垫，方便带孩子的妇女照顾孩子。宾馆房间里两张单人沙发靠窗对面摆放，让人有着促膝谈心的亲切感。当然也有让人不爽的地方，为了环保，宾馆不提供牙刷、牙膏、拖鞋。要喝水，对不起，请饮自来水。而楼下超市的牙膏，最便宜的也要二十多元一支。

临走前，我们看了盛装的韩国民族歌舞表演，顿悟到韩国人爱整容的秘密：因为他们的民族服装都很宽大，女性衣袖从颈下就用丝带系起，裙子里藏几个孩子都没问题，哪还能显出身材呢？这样一来，视觉焦点就落在脸上了，这张脸不整漂亮还成吗？

行程结束回国时，韩国文化艺术家协会李会长一行把我们送到机场，相约着再见的日子。

2005 年 8 月

芬兰画展

2006 年秋天的一个晚上，我突然接到省美协时任秘书长张松的电话，他声音沉重地告诉我：发生了一件不幸的事情，你在芬兰赫尔辛基画展上的作品在展览会上被盗了。他说芬兰美协主席尤哈给他来电话，说小偷还没有抓到，等抓到时会及时通知我们的。

九月初，我们安徽省美术家协会四人代表团，应芬兰国家美协的邀请，去芬兰做为期半个月的访问。两国各派四名画家合作完成"2006 年中国—芬兰画室研讨项目"，结束时做联合画展。这不，画展结束后我们刚回国，竟发生了这样的事情。

我们是 9 月 1 号从上海直飞赫尔辛基的，在飞机上，我趴在机窗前，手握一卷日本画家东山魁夷的《北欧纪行》，望着窗外白云像海浪在脚下翻滚，极目远眺，天际线的尽头是孤寂的苍穹。

飞机抵达赫尔辛基的万塔机场，秋天的芬兰是斑斓而迷人的，大地刚刚退去夏日的炎热，红绿相间的树丛环绕着清澈的湖水，湖面上倒映着波罗的海上空飘来的彩云，秋阳照耀下的赫尔辛基熠熠生辉，仿佛一个童话世界。

芬兰美协主席尤哈及其他几位画家接到我们，一同住在属于国家美协的阿拉塔别墅。这栋别墅是个贵族家的遗产，有几百年的历史。尤哈主席向我们介绍别墅历史，但我们实在听不懂他的英文。他以前是学哲学的博士，学问很深，后来不知道怎么转行做了画家。

客厅过道的一排长几上放着记载这个家族历史的书，有多幅全家福照片，照片背景好多都和现在别墅里的布置一模一样。尤哈说，客厅顶部墙上有一块墙布破了，为了补这个墙布，他们找了很多地方，花了很多钱，才买到一块相似年代的旧墙布补上。最有意思的是，别墅下层有一个地窖，是用来装酒的，但芬兰画家艾洛经常晚上躲在地窖中打电话，我睡到半夜，以为有鬼在地窖里活动，吓得睡不着。

在赫尔辛基国家美术馆，我们看到这个民族从中世纪至今各个时期的绘画代表作。19世纪后期处于黄金时代的芬兰现代艺术作品与芬兰国家的发展一样，受到了俄罗斯文化的影响。

芬兰的艺术经过二战的短暂停止后迅速地发展着，一大批专业艺术家得到政府的资助，凡是在居住人口超过十万的城镇，政府都会出资建立画家村，租给那些有成绩但整体收入低于国家标准的画家，三年评审一次入住资格，如果你不出成绩，三年后就必须搬出。每个画家都可以申请，现任主席尤哈已经住了三届，并因此而自豪。政府以最实际的手段激励艺术家多创作，多出成绩，他们认为没有文化的民族，就是没有灵魂的民族。

我们两国艺术家合作的工作室在卡布雷工厂艺术区，这是一片靠码头的废弃工厂，高大宽敞、十几层高的楼房有好几座，经改建后成了设施齐全的画家工作室，有展厅、餐厅，所有的工作室都可以长期或者以小时计算租用。我们工作室隔壁的画室，第一天是一群孩子伏在地上画画，第二天就是艺术院校的师生在进行人体课。这里的一切都为尊重艺术家的个性，方便艺术创作而设，体现着一种自由与秩序的和谐共生。

中午在颇具艺术氛围的自助餐厅，每人可以根据自己的口味，挑选喜爱的蔬菜、主食让厨师烹调，面对窗外的大海美景，大家边吃边聊，创作的灵感往往由此产生。

最难忘的是我们参观了同在我们项目组里的芬兰女画家安妮的工作室，她和搞音乐的儿子住在一座森林中的古堡里，工作室外是一片密密的森林，她带我们沿着森林小路漫步，小路前方弥漫着淡淡的薄雾和各种鸟儿的叫声。安妮说她每天画完画都享受着这样的漫步，看她的作品神秘而忧伤，难道与住地有关？

我们还拜谒了著名音乐家西贝柳斯塑像，一组长短不同的钢管组成竖琴纪念碑，以纪念音乐家的卓越贡献。

在拉赫蒂市我们受到友好的乌拉尔女士的热情接待，游览了13世纪古民居和拥有独特海边小屋的波尔奥镇。在风景如画的菲斯卡画家村，北欧特有的宁静风光与女版画家精致的下午茶，在我们心里结成了一种难忘的芬兰情结。

半个月的访问很快结束了，临走前我们两国八位画家共完成四十余幅作品，芬兰—中国绘画展顺利开幕。芬兰国家文化部、教育部、对外友协人员及众多艺术家出席了开幕式。张松创作的四尺整纸的北欧风光山水画，与尤哈画在玻璃墙上的大幅酸奶画相映成趣，反映了两国画家不同的审美及创作手法。

画展开幕的那天晚上，也是我们在赫尔辛基的最后一晚，芬兰画家请了一帮音乐家朋友在别墅狂欢，他们拉着手风琴，喝着烈性白酒，我们在手风琴伴奏下起舞，恍惚回到了俄国的普希金时代。

我们回到中国才两三天时间，不想就发生了盗画的事件，尤哈给我发了一封长长的邮件，叙述事件发生的过程。我有个远房亲戚在赫尔辛基的诺基亚公司工作，他也给我寄来了一份当天的赫尔辛基日报，报纸上赫然登着我丢失的那张画的照片。尤哈先生解释说报纸刊登作品照片，是为了防止罪犯将画运出国境，那样就更不好追查了。

第二年春天，四位芬兰画家如约来到合肥回访，见面第一时间，尤哈就将警察局抓到小偷的审讯记录复印件给了我，他们做事很认真，特地在文件上盖上了警察署的公章。

事情的始末是这样的：我们的画展是在一个艺术区中心举办的，这个艺术区旁边就是歌剧院，那天晚上正好歌剧院有演出。冬天雪大，贵妇人进门后都脱掉自己的大衣，工作人员要帮大家挂衣服，因为那晚观众太多了，看守画展的保安就跑去帮忙，仅仅离开了十分钟，就发生了画被盗事件。警察局从录像中看到是一位四十岁左右的金发男子，盗取了两幅画，除了我的，还有水彩画家丁寺钟的一幅。因为有录像，所以很快抓到了盗贼，审讯中金发男子说非常喜欢这两幅画作，但打死也不说出画在什么地方，并任由判刑或罚款。

尤哈主席慎重地对我和丁寺钟说，这张画将由我们国家赔偿，由于画展买了保险，所以由保险公司赔偿50%，剩下的50%由国家美协赔付，并且，他们随身带来了保险公司的赔偿支票。我和丁寺钟为他们的真诚守信而感动，坚持国家美协的赔款不要了，大家都是画画的，知道各国美协都是清水衙门，没有钱的。

尤哈笑着说，我们在赫尔辛基这个艺术区中心已经办了三百多场画展，从来没有发生过这样的事，从另一个角度来讲，也说明芬兰人民特别喜爱你们的作品吧！女画家安妮搂着我的肩膀说，展览会上，我也非常喜欢你那张画，但一切都晚了！

2007年3月

印第安小镇

2009年夏天，我和儿子在美国疯狂了一把：我们驾车沿太平洋海岸美国一号公路，从旧金山、洛杉矶、圣地亚哥，到拉斯维加斯、科罗拉多大峡谷，再返回旧金山，驱车数千英里。一路穿越戈壁滩、胡佛水坝、加州风力发电厂、淘金者遗留下的魔鬼城，感受着路上的无限风光。

威廉姆斯小镇是路上温柔的一站。

印第安小镇距离科罗拉多大峡谷有一小时车程，是到大峡谷观光的最佳住宿地，我和儿子提前订了宾馆，开车到时已经下午四点多了。炎热的夏日阳光暴晒着街边的牛仔式屋顶，小镇像被外星人打劫过，大白天死一般寂静。儿子边查手机边笑，科罗拉多州原本就是印第安人的领地，现在在大峡谷下面还住有印第安原住民哩。

我们开着租来的破车，像拍西部片，在尘土飞扬的街道转了几圈，找不到预订的宾馆，电话拨了半天，终于有人接了，原来他们发布在网上的宾馆地址的字母拼错了一个，害得我们死活找不着地方。对方用印第安口音答道：怎么会找不到呢？我们宾馆是全镇最美的，顺着墓地旁鲜花指引的小道你就会看到。

墓地旁？我们吃惊，到宾馆发现还真挨着墓地，重重树荫覆盖着高低起伏的坟茔，宾馆走廊正对着墓地花园，我们犹豫着。前台姑娘摆出梦露式微笑：你们运气太好了，能选到我们宾馆，墓地在印第安人眼里是好运的象征。我和儿子对望，无话可说。

接待厅里浅褐色的壁纸与同色调的地砖说不上和谐，但有印第安风，褪色的橄榄绿壁柜与周围笨拙的家具搭出了西部片场景，墙壁上装饰的鹿头角像树杈组合完美。廊台上，一双皮靴插满鲜花，大厅中间铺着印第安手织地毯，粗犷、浓艳、大胆，最醒目处是印刷精美的大峡谷风景画片。

到房间放下行李，洗完澡出来，天空已被蓝宝石盖上了。傍晚的街道退去了白天的炽热，我们舔着冰淇淋球在城里闲逛，任橱窗里印第安花裙子风情万种地引诱。我们抵挡不住空气中烤龙虾香味的袭击，晚餐自然是烤龙虾加啤酒，爵士鼓加乡村音乐在助兴。

饭后往回走时，一家古董店吸引了我们，这里居然有中国货？我一眼瞥见柜台里中国纹样的瓷杯，悄悄跟儿子说：跟你打赌，这老板肯定会送我个小礼物。儿子疑惑地看着我：不大可能吧，据我所知，美国人从不随便送人东西。别忘了，我是 Chinese artist（中国艺术家），说这话时我很自信。

店老板是典型的印第安人形象，颧骨突出，大鼻孔，方脸，皮肤黝黑，透着几分艺术家气质，和我们聊得挺热情。我拿起中国纹样的杯子端详，故意问他来路，老板眼神狡诈：这是商业秘密。于是，我向他介绍这杯子的产地、年代、制作工艺，侃得头头是道。老板惊讶地看着我，儿子很得意：我妈妈是中国画家。老板做了个夸张动作。

今晚他很开心，被我这"三脚猫"专业知识忽悠着。我指着柜台里造型奇特的小玻璃瓶问：这是传说中的漂流瓶吗？他反问我：你喜欢吗？那就送给你了。我调侃：不是专业知识，是我这典型的东方美人形象打动山姆大叔啦！

小店门口的路牌很醒目，写着"66 号"，老板指着路牌，骄傲地介绍道：你们母子应该在这拍张照片，这是美国著名的 66 号公路，也被称为"母亲之路"。它从芝加哥一直通往加州圣塔莫尼卡，横穿大半个美国，全长 3939 公里，是美国建成的第一条公路，见证了我们美国人自由、勇敢与进取的精神。我和儿子在路牌下留了影。

此刻，威廉姆斯小镇充满生气，灯光和音乐交融在一起，艺术家拨动吉他，篝火在狂欢，空气也在颤动，小镇的夜生活正式开始了。

2009 年 9 月

"遭遇" 纽约现代艺术馆

　　2009 年夏天，我第一次到美国，第一次到纽约，到纽约就是冲着大都会博物馆和纽约现代艺术馆去的。

　　当我独自站在高楼林立的纽约街头，站在著名的第五大道时抬头仰望：清晨阳光从宝蓝色的天幕倾泻下来，射向摩天大楼蓝玻璃上的阳光，又被反射到另一座大楼的金玻璃上，如巨大的舞台之光，将朝晖洒满第五大道，气势磅礴，光芒万丈。那感觉就像置身于美国大片的场景中——不，就是站在美国大片的实景中，太震撼了！

　　那天我先舍弃了大都会博物馆，直奔仰慕已久的现代艺术馆。艺术馆位于第五大道与 53 街交口处，是纽约文化艺术的标志地。沿第五大道向西直行，走着走着，身边穿着个性的艺术家身影不断闪现，感觉艺术馆应该越来越近了。

　　醒目的字母 MOMA 出现在眼前，虽然平时我连二十六个字母都不太搞得清楚，但这几个字母我还是认识的。在艺术馆门口我花了二十美元买了一张门票，随着人群走进大厅。大厅一行人在排队，我没管，赶紧转向展厅去找自己喜爱的作品。

　　参观中发现许多人都拿着导读器观画，我就找人问，一位高大的黑人管理员指指一楼大厅，我才明白排队的人是在领导读器，恨自己此刻就是聋子和哑巴。

加入队伍耐心等待，好不容易轮到我了，服务员拦住我比画着，看到排队的人手里都有一张绿色的卡片，难道是会员卡？我没有。我沮丧地回到展厅，黑大叔问怎么没办成，我向他比画我的疑问。他从皮夹里掏出个卡片在我眼前一晃，看我不解，他着急地抓过一个亚洲面孔的青年人，让他做翻译，一张口，人家是日本人，我是 Chinese（中国人）！

无奈之下，我决定不用导读器径直看展览，那黑人大叔又拽了个中国男孩过来，男孩羞涩地说：广东话啦，一点点。他是土生土长的美国华裔，我跟他说导读器的事，他不懂，他那结结巴巴的广东话我也听得累，黑人大叔抱着膀子在一旁很疑惑：都是中国人，怎么会听不懂？广东男孩跟他解释方言的问题，估计他听了也是一头雾水。

我在三楼正饶有兴致地看展，无比敬业的黑人大叔又牵了个台湾女孩来帮忙翻译。女孩讲要美国驾照，我当然没有，大叔说：你可以凭护照领啊！对，忽然想起在巴黎时都可以用护照的，怎么就忘了？我看画正在兴头上，嫌再下楼去排队太折腾，打算放弃，黑人大叔摇头不同意，向上指指——还有四楼呢！看他如此热心，盛情难却，于是我下楼重新回到那个长长的队伍中。

等我兴冲冲拿着导读器回到四楼时，发现里面的讲解全是英语，再找人问，楼层服务台管理员老太太拿出使用手册，指着上面画着的七八种耳机图式给我看，我被吸引了，是耳机变体画，绝妙的现代设计。

回到四楼按照中文导读寻图，发现只有一幅画有中文讲解，心想下三楼去弥补一下刚才错过的画吧，可耳机不响了。此刻真是欲哭无泪，我宝贵的时间全被这倒霉的导读器给耽误了，我恨不能摔了它。

远远瞧见大叔又朝我这方向走来了，我赶紧躲着，免得他又来"热情"帮忙，未及转身，他已满面微笑迎过来做胜利的手势，我赶紧装模作样把耳机挂在头上装作在听。他实在是训练有素，我又被抓住了，他取出导读器的电池让我到六楼去解决问题，我差点嚷嚷起来：我不听了还不行吗？不行！没电池还不掉。我被他押着上了六楼，一位戴志愿者胸章的老头慢慢换电池，我埋怨：你们发的时候为什么不先检查电量呢？后来跟一位美国朋友聊起这事，他说因为节能，整个展厅的画很多，导读器只会随机给不同观众选择讲解，所以即便是换好了电池，整个展厅我也只听到了五幅画的讲解。

楼上楼下折腾了一天，展览还没怎么看，就到了闭馆时间，出门时那黑人大叔靠着栏杆高兴地向我挥手，我瞪他一眼，不知该谢他还是该骂他。我今天哪里是在看现代艺术展？整个一天就是现代行为艺术！我不是参观现代艺术馆来的，简直是"遭遇"现代艺术馆来的！

好在，我拍了些照片聊以自慰。

2009 年 11 月

特别爱好

去年一天晚上，在美国工作的儿子突然要我给他提供一个银行卡号，说每月会定期给我打些"零花钱"，他还特意提醒：钱一定要花掉，我会查账的。

我能想象到他说这话时的表情——狡黠地笑！我也不自觉地笑了，是因为江阿姨的故事。

在洛杉矶，我有个移民美国三十多年的朋友，儿子喊她江阿姨。江阿姨有两个儿子，她和大儿子晓方住在美国，晓方的太太是越南人，他们夫妻是加州大学的同学。

江阿姨说她这位越南亲家母有个特别的爱好：收藏钻石。我猜想有这爱好的越南人必然是生于殷实之家，江阿姨以前也这么想的，后来证明我们俩都错了。

江阿姨跟我说起这事儿时，耿耿于怀，面露愠色。

她说：我每次去亲家母那里，她都会拿出琳琅满目、大大小小的钻石给我欣赏。今年春天，我去旧金山她家，她神采奕奕地对我说：哎哟，最近珠宝店又刚到一批新货，其中有两颗大钻石实在太美了，我买了一颗，给你欣赏欣赏？说着她转身拿出一个精致的小袋子，在桌上铺一块黑丝绒，把钻石倒出来摊在上面。她优雅地拿起那颗大钻石在放大镜下让我看，真是漂亮啊！我暗暗惊叹。她见我着迷的样子，拖着我的手就往外走，说店里还有一颗更大的，要带我去看看。

到了珠宝店，老板殷勤十足，亲自戴上白手套，拿出那颗大钻石给我们看。喜欢吗？亲家母头偏过来，看着我的眼睛问道。我说：喜欢。她接着问：那你想要吗？我拿起标签一看，天哪，个、十、百、千、万、十万，首位数字还不是1，我决然地握紧双手，摇摇头。你确定不要？我点点头：是的。杰克！她转身扬起手臂高喊老板，帮我包起来，一会儿我女儿来付钱。

我一听，惊住了，你女儿付钱？你女儿是全职太太，她付钱，不就是我儿子付钱吗？我又气又恼，回到家，把帽子一摔，抓起电话就打给儿子：你干的好事！给我的零用钱一年比一年少，给你丈母娘买的钻石一颗比一颗大，还今儿一颗、明儿一颗地买！

儿子愣了半天，缓缓地说：每次给你打钱时，我都有查账啊，你的钱用不完，我是按你的消费额度打的啊。晓方显得无辜又无奈。江阿姨点着我的头说：这就是教训，以后记着点！

我回来把这个故事说给儿子听了，我们俩乐了许久。

这时我忽然想到，儿子之所以最后说要查账，就是提醒我不要做第二个江阿姨。他满怀诚意地说：妈，你又不要我养活，以后的旅行费用我包了。我得意地告诉他：我又不是江阿姨，我还准备去非洲航拍火烈鸟呢，钱一定要按时打过来啊，查账不怕！哈哈！

2013 年 8 月

秋日小镇"还是水"

美国纽约州哈德逊河边的 Stillwater 小镇，秋景虽然比不上缅因州有名，红叶也是绝美的。十月天的午后，我和儿子驾车去纽约州萨拉托加古战场看红叶，路边清亮的湖水不时掠过窗外，阳光透过五彩斑斓的树叶闪烁着，车载收音机播放着美国乡村音乐，我们在蜿蜒小道上随着音乐起伏向前，这节奏我只能说：好美国啊！

一路上都很"美国"：蓝天、红枫、碧水、青草地，一切都静悄悄的，没有人。此情景用中国式的表达应该是："碧云天，黄花地，西风紧，北雁南飞。晓来谁染霜林醉，总是离人泪。"意境立刻丰富起来，有景、有人，还有离愁别恨。

如此斑斓的景色，路上竟没人停下观赏，所有的车都飞驰而去。我让儿子把车停在路边，草坪毗邻清亮的湖水，湖水倒映着金色的银杏树，两把红椅子并排放在草坪中央，简直就是为我们停车驻足而设置的。

路边岔道口有个电影《廊桥遗梦》里的信箱，写着 Stillwater，儿子说前面是个小镇，中文名叫"还是水"。怎么会叫"还是水"？我好奇，他认真看了一下说：确实叫"还是水"。

小镇靠着河流，哗哗的流水声更衬出小镇的宁静，街道上没有车辆，木屋的廊檐下坐着一对沉默不语的老人，树上的乌鸦在扑扇着翅膀。一切都像电影画面。

儿子见我不想挪步，便招招手说，回来我们在这吃晚饭。

傍晚时杀回小镇，湖水依然闪亮着，树叶在夕阳中欢快地摇曳着，似在欢迎我们的到来。

我们走进镇上唯一的小酒馆，门口披头散发面目狰狞的吸血鬼玩偶与古老的栅栏风格很搭。推门转过一条幽暗的木质长廊，两边挂的老照片泛着历史的沧桑感。几个印第安装束的男人背对着我们，在柜台前喝酒玩牌，见我们进来，他们本能地转身看一眼，大概这里少有中国人出现吧。

女招待是位身形矮胖的老太太，她招呼我们坐下，沏上热茶，递过菜单就忙去了。老板起身说 hello（你好）之后，继续喝酒。

入乡随俗，我先弄一盘蔬菜沙拉慢慢吃，慢慢打量着酒馆里的陈设。屋里七八张桌子只有我们两个客人，儿子看着菜单跟我说：那位太太说话口音很重，肯定不是当地人。菜式是偏意大利风味的，我们点了烤鱼、通心粉，我边吃边嘀咕：真没咱们家乡的肥西老母鸡好吃。

结账时老太太按照美国餐厅习惯，用托盘递上两个粽子似的小点心，打开里面会有一张小纸条，多半写着祝福的话，这点我喜欢，含蓄又礼貌。

我们聊了几句，知道她是这儿的老板娘，我忍不住问她是哪儿人，她说是罗马人，我告诉她我去过罗马，喜欢电影《罗马假日》里西班牙广场的喷泉，还在那儿吃过世界上最好吃的香草冰激凌。

老太太转向我，立马打开了话匣子：我从小就生活在罗马，我很爱我的家乡，罗马可是个很热闹的地方！她挥挥手说，离开罗马三十年了，我再也没回去过。说这话时，她转身狠狠地指向那群喝酒的人。我十九岁在罗马遇到我丈夫，二十岁就跟他到了美国，我们有四个孩子，可是我一点也不喜欢这里。年轻时我对美国充满幻想，来到这才发现，我完全不属于我丈夫生活的这个世界。

　　我见她眼泪汪汪不知如何安慰，她双手用围裙捂住脸：我每天都在想着家乡，可我回不去，就连父母去世时，我也没能回去⋯⋯

　　桌上的蜡烛摇摇晃晃快要燃尽了，她还继续在说：这里的人很冷漠，不喜欢跟人交往，天气寒冷，冬季很漫长，儿子们也不争气。我们静静地听着，小镇上那条河水哗哗作响。

　　天已经完全黑了，气温骤降，Stillwater 小镇的苍凉和寒冷包裹着我们，儿子发动了汽车，一条狗在夜幕中奔跑，追逐着我们的车灯。

2009 年 11 月

乔布斯的花园

2009 年夏天，我接到美国硅谷亚洲艺术中心舒馆长的邀请，去办个人画展。

舒馆长是浙江大学历史系毕业的，曾在国内做过出版社编辑，十几年前他随做 IT 行业的太太一起移民美国。他立足于自己的专业，做了这个艺术馆的馆长，并且做得有声有色。

画展开始前，舒馆长对我说：让朱丽女士给你做翻译，搞个公益讲座吧！

硅谷亚洲艺术中心在旧金山湾区，斯坦福大学就位于这一带。住在这里的著名华裔老画家侯北人先生，早年在此创办了美中文化交流协会。他老人家今年九十三岁高龄，仍致力于传播中国文化。朱丽是我儿子当年在美国读书时的房东，她从 IT 公司高管位置退休后，跟侯北人先生学习中国画，并在协会里任秘书长，英文很棒。

朱丽热情地说：我可以帮你，做一个学术讲座很好啊，你在大学任教，这又是你的个人画展，你讲一堂中国画专业知识的课，我们协会里有许多斯坦福大学的退休教授，我们会帮你做宣传的。

于是就定下某个周日，我在当地的图书馆，给大家做场免费的中国画学习讲座。

讲座那天，有人不小心碰到了图书馆门的安全锁，那安全锁一直在鸣响报警，从头到尾响了近两个小时，我都快崩溃了，但坐在下面的听众没有一个人脸上有厌烦的表情，都微笑着鼓励我把讲座坚持做完。

讲座引起了大家的兴趣，有同学提出：老师，你能不能带我们去画点写生，示范一下中国画白描技法？我说：没问题！他们说：明天开车来接你去个私家花园，但有一个条件，画完以后，要把花园里的花浇一遍水。我说：这也没问题吧！

第二天清晨我们来到花园，园里居然还有比我们更早到的一拨油画家，他们请了两个金发碧眼的姑娘做模特，鲜花丛中的姑娘分外耀眼。同学们围着我坐一圈，我一边给他们做示范，一边瞄着那边画油画的美国画家，虽然都是搞艺术，表现形式却完全是两个世界的。画到一半，有同学指向花园一隅，那里远远站着个人，这人很瘦弱，穿件褪色的黑T恤，下面是牛仔裤，苍白的面容在阳光和玫瑰花的衬托下，格外黯淡。秀姗从后面拍拍我的肩膀：老师，要不给你介绍一下乔布斯？乔布斯？我头都没抬反问一句，乔布斯是谁？不要让他打搅了我们的学习。我继续低头专注地画画，大家看我这表情，再也没人出声了。

几天后不出所料，我的画展办得挺成功，卖了画，也交了很多朋友。

回国后，有一天忽然在电视上看到消息，说美国苹果之父乔布斯去世了。一时间，报纸上、网络上铺天盖地的消息，我看到有几张摆满鲜花的街景是那么熟悉，甚至还有我们写生的花园。我急忙给美国朋友打电话问：我们当时写生的小镇叫什么名字？朱丽说：就是乔布斯所住的小镇，我们画画的花园就在他家旁边，我们写生时他就站在院子里。当时我们要给你介绍他，你说不要让他打搅了我们的学习。你不知道，朱丽继续说，当时你的淡定专注令我们学生好感动哦。听了这话，我为自己的无知羞愧不已。

没多久，我们市里的新华书店举办乔布斯传记的新书发布会，我冲到前面，不但买了乔布斯的书，还买了印有他头像的T恤，以此激励自己，必须要开始认真学习电脑知识了。

我一直是个电脑盲，曾经因为忘记邮箱密码不惜打国际长途电话到美国问儿子，儿子睡得迷迷糊糊说：妈妈，你这个远程教育的成本太高啦！

从此，我认真学电脑，学智能手机的使用。用朋友的话说：有生之年，我们也应该享受改革开放带来的科技成果。

几年后再去旧金山，见到朱丽，我第一句话就说：我要去看乔布斯家，我要再去那个花园！

朱丽说：花园是去不成了，但他家门口可以路过一下。他去世后引起全世界苹果粉丝的疯狂，不断有人开车到那儿拍照留影，严重影响了周围邻居的平静生活，于是邻居就告到警察署，说只要有人来影响他们的生活，他们就可以报警，警察就可以去抓人，所以现在再没人敢轻易去了。

我哀求朱丽：求求你，无论如何也要开车带我经过一下，哪怕只看一眼！朱丽开着她拉风的跑车，一路急驶，快到他家的时候，她放慢车速提醒我，我在副驾驶的位置上摇下车窗，急忙拿出早已准备好的长焦镜头，把相机伸出去，对着乔布斯家门口一阵狂拍。

朱丽把车开得极为缓慢，让我尽可能看清他家门口的景色：乔布斯家在一个不算繁华的宁静街道边，窄窄的小门，高高的院墙，墙外种满了苹果树，枝叶茂盛的树上没有苹果，更没有被咬掉一口的苹果，但我仿佛在苹果树丛中，又远远看见了当年那个侧身回头，向我们这边凝视的男人。

此刻这里一切静悄悄的，没有人，只有风，风轻轻摇着苹果树，树叶在秋阳中闪烁。我忽然感到一种来自大地深处的静默力量：乔布斯的世界不用鲜花，只有累累硕果！

2013 年 10 月

美国女友

朱丽是我儿子在美国国家电力科学院实习时租房的房东，也是我的美国女朋友。我们认识时她已 60 多岁了，然而十多年来，她身上那种睿智、那种力量、那种对生命的乐观和自信打动着我，影响着我对人生价值的评判和对"老"这个字的理解。

朱丽当年是台湾大学电机系的高才生，绰号"一枝花"，因为那一届该专业只有她一个女生。20 世纪 70 年代，她凭借优秀的学习成绩到美国留学，毕业后留在美国工作，直至做到微软高层，六十岁退休。她用自己的收入买了几栋别墅。我们在《愤怒的葡萄》的作者约翰·斯坦贝克的家乡萨利纳斯小镇玩，她随手一指，路边的一栋景观别墅就曾是她的财产。离婚后，她把房子分给前夫一座，自己住一座。她的家是两层楼，有花园，有车库，有工作间，很宽敞。因为房子位于斯坦福大学旁边，所以她笑着说：我的房子都是租给斯坦福大学的优秀学子。我儿子虽不是斯坦福大学的优秀学子，当年也有幸租住在她家。

朱丽退休后开始跟旧金山湾区著名画家侯北人先生学中国画。有天晚上她在客厅用功，我儿子看见了，就对她说，我妈妈也是画中国画的，你们可以交个朋友。朱丽听了迫不及待地抓起电话就打给我。她当时正在帮侯老师写画论的书，向我请教，我不屑，侯老师的理论书可不是好写的，他老人家 95 岁了，画了一辈子。言下之意，你一个刚学画一两年的外行人，也能写出绘画的精神内容？

没想到她用两年时间还真把书写出来了，并得到侯老师的高度赞赏，推荐她当了美中文化交流协会的秘书长。

2008 年我们在安徽做画展，朱丽正好在中国旅行，我就邀请她来合肥和我们一起登九华山。她此行印象最深的不是九华山的风景，而是我们那些央美的同学，她说他们对艺术的见解、对生活的超越态度让她耳目一新。

第二年夏天我去美国硅谷办画展，朱丽热情地说，来我家住吧，我去机场接你。儿子在纽约工作，根本没时间陪我去加州，于是，我这个二十六个英文字母都认不全的人，独自一人从纽约飞到旧金山机场。朱丽说，你一定要站在让我能一眼看到的地方，因为那儿不让停车，我接上你马上就走。这对我来说是多大的一个难题啊，可我居然就找到了这么个地方。

朱丽完全不似在中国的模样，开一辆很拉风的银色跑车飞驰而至，哇，她扬着手臂向我挥着，快上快上，车飞也似的冲向太平洋岸边宽广的大道。大洋彼岸的风舞动着我的头发，我忍不住回头看了一眼：哇，浩瀚的太平洋上升起一轮银盆似的大月亮。

朱丽家是一栋大别墅，有好多房间，客厅里铺着米白色的地毯，是光脚伸进去会感觉毛茸茸的那种。朱丽指着地毯中间一大片淡色污渍对我笑：这是你儿子干的，2008 年北京奥运会时，他边吃饺子边看电视，中国队进球了，他一高兴，将一盘调味汁扣在了地毯上，留下了永恒的痕迹。

晚上我提着包要住儿子当年住的小房间，可朱丽死活不让，她把卧室的床腾出来给我睡，她就在地板上搭个地铺，说这样方便我俩聊天。

离画展还有一段时间，除了去艺术馆外，剩下的时间我就在朱丽家像跟屁虫似的跟着她，她去哪，我去哪。

　　一天，朱丽说自己有事，她向我介绍住在她家的白人男朋友杰，让杰陪我到处转转。我忽然想起，儿子曾跟我提过，她家住了个奇怪的老先生，大约说的就是杰吧。我忍不住用八卦的眼光打量走进来的杰，杰戴着牛仔翻边皮帽，扎着腰带，身上的铜纽扣叮叮当当发出声响，叼着大烟斗很神气，完全像个西部牛仔。他一摇头，对我使个搞怪的眼色：走，上车！院里停着一辆高大的吉普车，我一句英文不会，他一句中文不会，一路比画着我俩就出发了。

　　杰从汽车前座抽屉里拿出一个小瓶子递给我，很神秘地拧开瓶盖，倒出一些花花绿绿的小果实放到嘴里，让我模仿他的动作也来一下，原来是各种各样的坚果混合在一起的小食品，很好吃。后来，每到一个巴士服务区，我就会去找这种小吃。回国后我仿照那些品种买了很多坚果，自己调配，却没有那样好吃的味道。

　　杰带我去了斯坦福大学黄昏校园里著名的梦幻长廊，斜阳照进来，宫廷般辉煌。杰帮我拍了很多照片，我也帮他拍了很多。他表情特别生动夸张，我在树丛中，利用叶片的缝隙，给他拍了很多构图奇特的照片。晚上回来，我跟朱丽显摆这些照片，朱丽看了后一声不吭，扭了扭肩膀进屋去了。从那以后，我就很少见到杰，再也没有跟他一起出去的机会了。

　　我在美国的画展、讲座都是请朱丽翻译的。她的英文非常好。我给当地美术爱好者做的那场《中国花鸟画的学习与创作》的公益讲座，有大段的中国美术史，她翻译得很准确，并且很有文采。为此，斯坦福大学的几位教授特地请我们去大学的东方美术馆参观，朱丽骄傲地说，她曾经是这里的志愿讲解员。我的画展结束时，北加州安徽同乡会为我举办酒会，安徽舒城籍议员朱颖人见到她非常热情地与她握手，原来朱丽是他竞选议员时班子里的文案助手。

　　朱丽性格中具备的理性、沉稳和勇敢都令我钦佩，但最打动我的还是她的自信精神。

她大学学的是电机专业，来美国后在斯坦福大学学了管理，从 IT 行业退休后，她又学习了报税业务，她说这样就不会跟社会脱节，在这个世界上还有人需要你，是很幸福的。

她七十岁时还参加户外的登山队，我问她，年轻人有没有嫌你老啊？她说，不会呀，因为她有一样绝技是他们需要的——她跟搞户外训练的女儿学会了做压缩食品，登山队需要减轻行李的重量，要带那种体积小、分量轻，又能吃得饱的食品，朱丽为了参加登山队特地学了这项绝活。我在美国的时候，他们正在策划去智利攀登南美第一高峰，我羡慕得不得了啊！

2019 年春天，我们一起去英国和爱尔兰，四个平均年龄六十岁的女人，晚上在伦敦桥旁放李健的音乐《当你老了》，引得路人驻足，也是件很浪漫的事。一路上我听她跟别人聊天都说自己是艺术家，来进行采风写生活动的，特别自信。我觉得很好，我至今还常常羞于跟别人介绍自己是艺术家。

一路上大家都在开玩笑：四个女人，谁会有艳遇呢？结果年龄最大的七十二岁的朱丽有情况了。我们在宾馆门口等车，她跟一位穿军大衣的老先生搭讪了几句，于是那位老人喋喋不休地向她做自我介绍，说自己是船长，年轻时大部分时间在海上航行，很少有时间在家陪太太，等他退休回来时，太太却不幸患病去世了，他装了一肚子的故事，再也无人倾诉。

不知道朱丽用什么话打动了船长，他要了朱丽的联系方式，下面的日子里，每天两个人都要通电话，半夜我常被他们的窃窃私语吵醒。回国前朱丽跟我说，那个老先生居然要买机票，从都柏林飞到旧金山去看她。我好生羡慕这勇气，人生就应该这样，无论七十岁、八十岁，爱情什么时候到来，都不是迟到。

那年9月底，我在硅谷亚洲艺术中心的画展结束了，临走前，我邀请她和杰去吃大餐。杰把我们带到一个叫麦哲伦的餐厅吃烤肉，餐厅里有手风琴伴奏，可以跳舞，杰和朱丽在舞池里翩翩起舞，一米九的大个子带着一米五几的小女人，很有意思。

点餐时，他们客气地把菜单推给我，让我点，我不懂英文，但我知道能看懂菜单的人，英文水平都不简单。我装模作样地看着图片点甜点，杰支棱着胳膊对我做鬼脸：不用点了，你就是甜心！哈哈，恰巧这句话被我听懂了，杰是在给我和朱丽的友情挖坑啊！

2020年8月

色彩的恒河

从印度回来的第二周，我正在整理照片，《徽商》杂志的丹妮小姐来访，说是要采访，我建议就聊聊印度吧，我满脑子都是恒河水的色彩和记忆。

我向丹妮描述那天清晨我们几位画家坐小船去恒河边的情景。丹妮飞快地在笔记本上写着。还不到日出的时候，天刚有点蒙蒙亮，那是一种美妙的苍茫时刻。在深邃微白的天空中，散布着几颗星星，河水漆黑，天上全白，四处都笼罩在神秘的薄明中。恒河边已经满是虔诚的印度教徒，准备迎着朝阳沐浴。

我们坐在小船上，静静地等待。离我们一百米的上游正在进行火葬，死亡在这里是一件平常事儿，没有人哭泣呼叫，只有燃烧后苍白的烟灰飘浮在河面。我下意识地收回目光，却发现坐在自己前面的画家的黑色皮夹克上飘落的青灰，不由得打了个寒战。而此刻，沐浴的信徒，正面对着初升的朝阳，站在河中，双手合十举过头顶，双目闭合，念念有词，虔诚无比。

恒河水就像缎子一样浓稠，里面还流淌着火葬的遗物和水葬的尸体，但是印度人的的确确坦然地在其中洗澡、洗脸、刷牙和饮水。这真是一个神奇的国度！丹妮边听我说，边翻看着不够清晰的照片。

恒河在信徒心目中是一条洁净的圣河，承载着印度人的前生、今生以及来生。沐浴好的信徒会坐在河岸上周正地穿衣梳妆，即便是乞丐也会对着镜子认真地打理自己，在脸上涂上颜料，穿上五彩缤纷的衣服……

五彩的印度，神秘的印度，生死循环的印度，天地轮回的印度，丹妮用排比句形容。在画家的眼里，最终化成纸上那一抹绚丽的橘红和朴实的白。

我觉得印度是最擅长服装搭配的民族，踏上"粉红之城"斋普尔的第一天，我就被满眼的色彩侵袭了。

色彩是印度人的最爱，特别是精美的服装、首饰，这从来都不只是富人的专属，即使在最贫穷的村子，即使是在艰苦劳作的时候，你也能够看到妇女们穿着靓丽的衣服，佩戴着色彩鲜艳、醒目的饰品。

我发现一个现象：印度、埃及、中国的大西北，人们身上色彩格外丰富，五彩缤纷。可能正是缺什么补什么，越是在单调荒芜的背景下，涌动的就越是生命的色彩。而越是大都市，人们的服装越是单调，比方说日本、巴黎，全是黑白灰，压力大，节奏快，人们都想把自己隐藏起来。

在画花卉写生的时候，我发现植物王国也是这样：花越鲜艳的，叶子特别单调；花朵小巧的，叶子特别地美，比如兰花，叶子比花更入画。自然界和人类社会的规律是一致的。

印度人颇善于穿衣搭配，无论是街边的小贩，还是王公贵族，服装都搭配得无可挑剔。就连车夫甚至乞丐，你都找不出他服装搭配的问题。或者协调，或者对比，或者渐变，或者互补，天生的才华。那些妇女就更会打扮了，比方说一套红配绿的纱丽，用特别沉着的绿来衬托艳丽的红，利用色彩关系中最高级的鲜灰冷暖的对比，而不是色相上的红和绿的对比，特别高级。

纱丽是印度女人的特色服装，丹妮是学中文的，她说：如果泰戈尔的诗里有最高超的理想主义，那么纱丽里就有女人最美丽的情怀。在印度街头没有任何一件重复的纱丽，也就没有一个重复的灵魂吧。

丹妮问：在服装搭配上，人们常说全身上下不要超过三种颜色，而这些缤纷的色彩聚集在印度人的身上，为什么那么好看？

其实这里面就具备了绘画的元素。印度人的肤色深，但又不是纯黑，形成了一个中性的底色，随意配上什么颜色都会好看。另外印度人的轮廓立体，尤其是眼睛，女人的眼线特别讲究，强调凤眼，眼角翘起来很妩媚，身上的颜色再艳丽，也不会喧宾夺主，把人埋没在衣服中。我用艺术理论给丹妮解释。

身着印度的民族服装，行走在印度所有的宫殿里都特别协调。我有位朋友说，每次旅行都习惯去找一点和当地相吻合的服装，在印度，你就不能穿白衬衫和牛仔裤，只有那一抹鲜艳的色彩，才能让人融入其中。

印度的古建筑极有特色。设计独特的镜宫，殿内镂花雕彩，门扉、窗棂构以艺术图形，内壁全部用成千上万块拇指大小的水银镜片镶嵌而成，在阳光的照射下，处处熠熠生辉。导游说，夜晚在镜宫的大厅划着一根火柴，瞬间那火苗就会被墙上与天花板上镶嵌的无数镜子反射出来，就像是夜空中的无数星辰之光，美妙而震撼。印度人尤其擅长营造神秘的氛围。

印度绘画是我向往已久的，对我这个重彩画家极具吸引力。我在印度国家博物馆见到一幅麻布贴金箔画，非常精致，尽管它已经开始斑驳，但有一种沉淀的美。印度行还颠覆了我对橘色的认识。橘红色被画家称为砒霜色，因为它和任何颜色放在一起都很难搭配，但和印度人的肤色搭起来特别和谐。生活永远是老师。

质感，我又跟丹妮谈到质感。在我眼里，能够代表印度的色彩还有白色：不是那种精致的白，而是粗麻布的白，印度僧人全身都裹着的白色。我永远忘不了在恒河边遇见的一位苦行僧：他黝黑枯瘦的身体缠绕着白色麻布，头上戴着白色头巾，赤脚行走在恒河岸边的沙土地上。河对岸的城市被浓雾掩盖，成为他身后沉重的背景，他扭过头注视着远方，那里有沐浴赢得新生的人，也有死去化为尘土的人，人类就这样在恒河边重复着生老病死的轮回，累积着贪嗔痴疑的业力，而信仰成为他们唯一的救赎……

在印度，我坐了拥挤的火车，看了印度贫民窟，还有在路上横冲直撞的神牛，顶着被蟑螂爬过的头发回到上海。临别时，我忍不住告诉印度向导：印度真是眼睛的天堂、肉体的地狱。向导反倒得意地笑了：这就是印度啊，India is incredible！

殷丹妮、石兰，载于《徽商》

2015 年 11 月

比尔城堡的植物园

2016 年秋天随安徽文化代表团去爱尔兰访问，我最感兴趣的是有着 400 多年历史的比尔城堡的植物园。

比尔城堡的植物园是全爱尔兰最大的花园，种植着帕逊家族七代人从世界各地收集来的众多植物，其中有五十种树被列为"不列颠群岛冠军树木"，还有 17 世纪种植的方形树篱笆，是吉尼斯世界纪录认证的世界最高的树篱。

整个园子占地一百五十公顷，其中有湖泊、江河、森林和连绵的空地，种植了近两千种稀有的树木，许多植物的历史超过了两百年。其中有在中国云南采集的许多树种，因此园里特别有个"中国园"。

罗斯伯爵是比尔庄园的第七代世袭伯爵，传承了家族对植物的热爱，他很有兴致地领我们参观并向我们介绍植物园。他说的许多植物我都能知道一点，老伯爵很奇怪：你怎么知道这么多植物知识？我就吹了起来，说自己是半个植物学家。这样说虽有点夸张，但是实际上我是比常人多一些植物知识的。我是花鸟画家，经常去西双版纳植物园写生，跟那儿的植物学家多少也蹭了点专业知识，中国著名的国家植物园从南到北我也去过不少。

老伯爵领我们到书房看他收藏的花卉绘画，他说很喜欢中国工笔画的花。他指着墙上英国画家的水彩画给我们看，我觉得花的结构画得准确，但艺术感稍有欠缺，就像我们在国内看到的植物标本画。

老伯爵说，以后欢迎你带学生来写生，我们可以给你们提供住的地方，走时给我们留一张画做纪念。看来老伯爵是个中国通，中国画家的这种交换方法他已经熟稔于心。

2019 年 4 月，我们四个同伴去爱尔兰，在比尔城堡的花园里开始了我们为时一个月的花鸟写生之旅。

这是春光最艳的时节，园里辛夷和杜鹃开得明艳极了，我们感叹这真是世界上最好的写生地。偌大的园子里几乎看不到人，偶尔有一两个遛狗跑步的，也不会惊起树上的飞鸟，唯有潺潺流水和在春风中哗哗作响的大树。

我们住在城堡旁的一栋别墅里，第二天，老伯爵带我们去花园认路。他是典型的英国绅士，修饰得很整齐，小细格的西装，打着深色领带，头发梳得很有型。他引我们穿行于高高的方形树篱墙，说是三百多年前种植的。看着世界上最高的树篱我就纳闷，欧美的植物为什么都要修得这么规规整整、这么呆板呢？不像我们中国的植物，让其自然生长，依势而发，所以才有中国传统的花鸟画，中国画家所崇尚的"师法自然"皆出于此。

老伯爵细心地给我们介绍哪种花分布在哪个路段，哪种花清晨看最好，哪种花花期有几天，带我们游遍了整个园子。从此，每天吃过早饭，我就会带上干粮，到园子里画上一天。开始去的时候还挺害怕，园子里看不到人，只有风摇花落和溪水流动的声音，想拍一张在园子里的留影，都没人帮你按快门。

园子里有一片美丽的粉色杜鹃临水而开，去写生时，我发现池塘里有只白天鹅，它会悄无声息地游到你身边待着，盯着你。渐渐地，我发觉它不是在陪伴我，而是目不转睛地盯着我，像个卫士在防范有人侵犯它的领地。大约是老在水边的草丛中巡游吧，它脖子很长一段都已经变成了黄色。这让我想起当年在西双版纳植物园写生时有一只绿孔雀，只要我去画画，它就静静地守在身边，我要离开时点点它：帮我看好画板。回来时有游客在看画板，它真的用嘴巴啄人家，太可爱了。

但这天鹅是在监视我，保卫它的领地。果然，后来在关于比尔庄园的介绍里看到这样的描写：不远处就可以看到一个人工池塘，里面有些鸭子和一群坏脾气的天鹅。哈哈，看来我的感觉没错。

老伯爵的书房四壁满满，几乎全是植物方面的书籍，他拿出一本厚厚的牛皮书跟我炫耀：这本书里记载的植物学是世界上最权威的，这个版本只有这一个孤本了，是在我的书橱里。他很得意地翻到其中一页说，这个植物在世界上已经几乎绝种了，但我们这里有一株。他看我感兴趣，就说故事：他父亲年轻时是英国驻印度的大使，他小时候也跟父亲在印度待了多年。那时候，他们常去中国云南采植物种子，在他们的中国园里有一千五百种中国植物。他说，那株珍贵的植物，是20世纪30年代他父亲从宜昌采来的。我听西双版纳的植物学家说过，种子是不可以带出国境的，各国海关都有管理法，如果被发现了，是要受处罚的。我就问他，这样珍贵的种子是怎么带出来的？老伯爵有点不好意思，说当年他父亲是把植物种子粘在裤脚上带回来的，从此，他们再也没有去过中国了。

植物园其实开始只是罗斯家族的副业，他们家族出了很多科学家、工程师。庄园里有一个科学博物馆，里面陈列的研究成果都是他们的族人参与设计制造的。著名的泰坦尼克号船上的发动机就是他们家族制造的。

在花园开阔的草地上，有架世界上最大的露天天文望远镜，是1845年第三代罗斯伯爵威廉·帕森斯建造的。这是当时世界上最大、倍率最高的望远镜，帕森斯伯爵用这架望远镜看到了一个呈旋涡状的美丽星云，后来被证实为人类首次观测到的旋涡星系。一天我们见一对男女在那议论：那个年代全世界都在为战争和饥饿挣扎，他们家还有闲钱和闲心造望远镜看星星，好奢侈啊。我们只能感叹：贵族就是贵族，并且是七代世袭！而第八代伯爵刚娶了一位中国姑娘，我们也成了比尔城堡的"娘家人"了。

2021 年 9 月

爱尔兰的杜鹃

在欧洲大陆的尽头，大西洋最前端的爱尔兰，有一株红杜鹃，引得我魂牵梦绕，不知道在这样一块只长土豆的土地上，怎能开出那么艳丽的花。这一切是大自然的鬼斧神工呢，还是人们对植物的热爱滋养了她？

这株杜鹃生长在都柏林郊区一个贵族庄园里，枝干绵延近百米长，根在土地里蜿蜒起伏，似蛟龙翻腾前行，看样子树龄至少上百年。我们去时正值五月，花开得分外妖娆，火焰般动人心魄。远远见地下的落花像大红地毯般延伸过去，比树上的花多了几分凄美，更惹人疼爱。树上的花开得正当年华，花朵特别大特别密，几乎把叶子挤得没空间了。叶子叠扇似的集中在一起，头朝着同一方向排列，墨绿衬着殷红的花朵，煞是好看，犹如一群芬芳多姿的女兵在列队。

这些花枝匍匐于地面，伸手可触，我们靠着树干拍照，不管哪个角度，身后都有花朵相衬，每一朵都开得迎风招展，生机勃勃。落下的花瓣雨似烟花幻灭，与树上勃发的生机相映，呈现出生命交替轮回的景象。

我们花鸟画家写生时常遇到这种情况，比如玉兰、泡桐等长在大树上的花太高，写生时没法看到花的正面，从底朝上只看到花托的背面，要想看到正面，除非用长焦镜头把它调过来，长镜头又只见局部，场面和幅度都受限制，很是无奈。特别佩服当年美院的同学莫晓松，他创作的成片壮观的玉兰花是如何完成的？

所以这株爱尔兰的红杜鹃给我留下了很深的印象，当时我们没有时间去写生，只有把她装在心里。

百花中我最喜欢杜鹃花，而杜鹃花中我又特别喜欢高山杜鹃。她不同于普通的小叶杜鹃，花头大而斑斓，色彩丰富多变，大多长在高山的大树上，人只能远远仰望。有一次在大别山乘高山索道，经过一片树林时，我低头向下看，只见山间一树一树盛开的高山杜鹃，美极了。

黄山北海宾馆的朋友告诉我，宾馆旁边的山洼里有两株金边杜鹃，每年六月开花，据说开花时花朵上镶着金边，特神奇。我专门赶去看，树很高，花又小，几乎没人看到过她清晰的美丽模样。

我绕着这株爱尔兰杜鹃转了很久，她近得让我们甚至可以把脸贴在花朵上。

植物在这里如此茂盛，是不是因为人类活动少呢？2020年初新冠疫情在世界各处流行，在人们居家隔离期间，自然界也发生了巨大的变化。从我家到画室的路上穿过一片小树林，不过一百多米长，那年春天我发现树林里到处都是叽叽喳喳的灰喜鹊，飞来飞去，完全不在乎人的经过。倒也是，人们在家待了一个春天，鸟儿繁殖生长期没有人类的打扰，环境改变了，它们立刻扩大了生存空间。

给我印象特深的还有北爱尔兰的一片奇特的黑森林。北爱尔兰的小村庄埃尔默附近有一条名为"黑暗树篱"（Dark Hedges）的小路，18世纪50年代，斯图亚特王室在詹姆斯·斯图亚特位于Gracehill的别墅种下这些树，他们希望创造出引人注目的风景，给那些进入豪宅的人留下深刻的印象。不得不说他们达到了想要的效果。如今老树都已是三百多岁高龄，它们盘根错节，蔚然成荫，使得整条道路深邃、神秘。光影穿梭其间，微风窸窣而过，这里究竟有着怎样的传说？黑暗树篱这条小路过去一直只为当地人所知，如今热播美剧《权力的游戏》在此取景，使它名声大噪。

植物因其生长的环境不同而给人带来不同的感受，愿人类也永远保护全世界植物生存的权利。

2021 年 10 月 5 日

视觉的盛宴

　　位于北非的摩洛哥有三座色彩各异的城市：白城卡萨布兰卡，蓝城舍夫沙万，红城马拉喀什。然而在红城马拉喀什的郊外，却有一座以蓝色闻名的圣罗兰花园。花园中的别墅、花瓶、墙面、水池，到处都可以看到那种无与伦比、魅惑人心的蓝色，这种蓝叫马约尔蓝，圣罗兰花园因此蓝色闻名于世。

　　这座私人花园已经有 100 多年的历史，两位艺术家曾经是这座花园的主人。第一任主人是法国著名画家雅克·马约尔，他从 1924 年来到马拉喀什，或许是出于某种情愫，他用尽一生的时间和金钱来打造这座花园。花园里很多的木制艺术品，是他在父亲的工作室与画师、木器工匠们一起打造的。这座花园如今被称为世界上二十座最神秘的花园之一。

　　为了建造与维护这座园子，马约尔耗尽了一生的积蓄。1955 年他发生了一次车祸，并在 1956 年离婚，将花园进行分割。再婚后，马约尔进行了截肢手术，这加重了他在资金方面的困难，于是他在 1961 年出售了花园。之后不久，马约尔遭遇了第二次车祸，被转移到巴黎，就这样和马拉喀什长辞。此后，画家再也没能回到这片土地，回到他钟爱的、一手打造的蓝色花园。马约尔于 1962 年在巴黎病逝。

　　马约尔花园和伊夫·圣罗兰，就好像千里马之于伯乐，上天仿佛有一只手，把画家呕心沥血完成的作品，交给了最懂它的新主人。

1980 年，法国时尚大师伊夫·圣罗兰在旅行时无意间发现了这座静谧、精致而不失优雅的花园，他疯狂迷恋上了这里，与伙伴共同买下了花园。在设计上他在以欧式花园元素为主的前提下，融入马拉喀什宫殿风格，艳蓝、明黄和大红色的应用，点亮了整座花园，使这座欧式花园不乏浓浓的摩洛哥风情。从此，这里更名为圣罗兰花园。

在买下马约尔花园之后三十年的时间里，每逢春夏，圣罗兰和他的伙伴都会来这里度假，这里就成了他取之不尽的精神源泉。2008 年圣罗兰去世，遵照遗嘱，这位出生于阿尔及利亚的法国时装界设计大师，将他的骨灰永远地留在了北非的艳阳下，留在了圣罗兰花园中。

这座花园有两大特色：一个是魅惑人心的马约尔蓝，这种独特的蓝色颜料是从撒哈拉沙漠的植物中提炼出来的，颜料价格以千克计算，价值连城。花园里大部分的建筑都涂上了这种珍贵艳丽的原生蓝色——钴蓝色，这一颜料与色彩在业内被称为"马约尔蓝"，不可复制，独特而高贵。

另一个特色是园中种植了来自世界五大洲的热带植物和花卉，她们来自除了南极洲以外的所有大洲。绿色的仙人掌，黄色的陶罐，大片深邃又艳丽的蓝，我从没见过比这更大胆热情的色彩搭配。还有经典独特的艺术设计：明明精雕细琢每个细节，却偏偏给人粗放朴拙的感觉；明明在非洲嘈杂的乡间，却洋溢着巴黎时尚的风情。奇思妙想体现在花园中的处处，让人身处其中不禁疑惑自己是在墨西哥还是在西印度。尤其我这样的重彩画家，置身于马约尔蓝与浓烈焰红的三角梅中，因此颠覆了对色彩的原有认识。

马拉喀什这个城市之所以被称为红城，是因为独特的景色。除了圣罗兰花园，城里的建筑大都呈现出红色，在非洲炎热嘈杂的闹市，加之那个庞大无比的农贸市场，人群攒动，纷纷攘攘，集中了世间喧哗百态。坐在高高的楼上，喝着咖啡，俯视着芸芸众生，更觉得圣罗兰花园是处仙境。

真庆幸自己走出花园时多看了一眼，无意间视线被仙人掌吸引过去，穿过朱墙绿萝的街道，向前行一百米，有2017年刚落成的圣罗兰博物馆。馆内展出圣罗兰一生的杰作——手稿、服装、首饰、照片等，我们差点错过这一场视觉的盛宴。

展厅前面部分是艺术家的设计手稿，这些手稿最能代表艺术家的真实思想，没有任何伪装。他的作品中有个强烈的符号，就是蛇，据说来自战争的记忆。蛇的缠绕包围象征危险和神秘的爱情，这个标志在他的设计中反复出现。他还把许多世界名画设计成服装，做成衣服穿在模特身上，在世界各地开发布会。

博物馆不让人随意拍照，影视厅里播放着圣罗兰的生平纪录片。片中他是个身着彩色衬衣的纤细男子，敏感细腻，是那种容易博得女人喜欢的形象。服装、首饰等各种生动的设计图画大量出现在影片中。

转过图片厅，重头戏是他的服装实物展示厅，超级震撼。

一道黑丝绒的帷幕缓缓开启，长长的深色地毯在闪烁的射灯下伸展向另一头。大厅周遭弥漫着神秘昏暗的氛围，踏上地毯那一刻，音乐从空中飘过来，弥漫，回旋。穿过走道两边一排排侧立的模特，模特上披挂着艺术家不同时期、不同风格的绮丽设计，无比璀璨的华服将艺术家的灵魂立体化呈现在我们面前。

展厅被布置成一个服装展示的T台，追光从我们头顶泻下来，意大利歌剧《蝴蝶夫人》的花腔女高音在空中回荡、颤动。是的，你就是那个骄傲的模特，你可以在此披上华服，迈着猫步，缓缓向前。整个大厅将奢华演绎到极致，所有的艺术灵感，在此都化为有生命、有灵魂的件件华服，让人目眩神迷。

我们在舞台追光下缓步向前，仿佛到了天堂的宫殿，在令人眩晕的幻境中，飘然至展厅的尽头。尽头却更加辉煌：灯光穿透玻璃柜里一串夺目的红珊瑚项链，这是圣罗兰的杰作。项链的精美让人不由得联想到电影《尼罗河上的惨案》中波洛先生的一句话：美丽的项链，挂在你这美人的脖子上，是何等优雅动人！

2019 年 12 月

遥远的窑河湾

遥远的窑河湾

作家水庆中先生送我一本他刚出版的散文集《心河集》，并说，看完一定要给写篇文章啊！

我用几个晚上读完了二十三万字的《心河集》，掩卷之余忽然有种淡淡的乡愁弥漫开来。

我从小生长在城里，连我母亲也出生在城市，要说乡下，只能是我下乡的那个乡下了。可我从不愿提起，也从来不读什么伤痕文学、知青文学，甚至也不让家里人读。今天，《心河集》却似一股暖流冲击着我内心的冰河。要说乡愁，水庆中的这本书算是撩起了我乡愁故事的记忆吧。

水庆中是我早年插队所在地长丰县水家湖人，那时他已是当地有名的作家。几十年过去了，我至今犹记得自己当年在拥挤嘈杂、充满汗臭与旱烟卷气味的水家湖车站，就着昏暗的灯光读《希望》杂志，读水庆中写的小说、散文。如今我们都人到中年，当年文章的内容早已淡忘，但水庆中这个名字在我那段苦涩的青春记忆中一直清晰可见。

我只读了两年初中就下乡了。我们五个同学落户在一个只有七八户人家叫万庄的小村庄。村旁有条大河，叫窑河。河的上游从淮南方向蜿蜒三十多公里，流到我们村，在这打了个弯，因此水面更加宽广。

刚到村里，队长看我们都只有十几岁，为了照顾我们，就给我们分配些轻的农活干。我被派出去放猪，和我搭档的是村里一个四五十岁的大叔。

放猪就是每天早晨到各家猪圈，把猪赶出来，在村口集合，然后赶到河滩上，让猪在那儿撒欢玩一天，傍晚收工时再赶回来送还各家。这活说起来简单，对我来说却很痛苦，每天把一头头嗷嗷叫的大猪从猪圈里赶出来就是一件很艰难的事。河滩上猪群撒欢的时候，我们还得挎着粪筐跟在猪后不停地铲粪，因为每天收工回来，是由队里的记工员根据我们铲粪的重量，给我们计算工分的。

那种树条编的粪筐是要挎在腰间的，粪铲短粗，猪粪又脏又臭，对我们这些城里来的女学生是怎样的考验，可想而知。多年后，在美院学习花鸟画时，看到郭味蕖先生画的《收工归来》，粪筐里插着生机勃勃的萱草花，就觉得老先生特别有生活底气。

和我搭档的那位大叔很好，看我找空就往树底下去读书，他默默地低头铲粪，从不喊我。我享受着蓝天白云，在大树下乐悠悠地读书。可这样的好时光没有多久，队长就把我撤了，派我去跟一个十四五岁的半大男孩儿搭档摇船。

我们村是一个渡口，说是渡口，人并不多。一条小船往返于河两岸，来回摆渡过河的人。河面有一两千米宽，船用篙撑着走，每人三分钱船票，如果带一辆自行车，或者其他大物件，那就五分钱。男孩撑船我收钱，就这样我们每天能挣两块多钱。要知道，那时一个壮劳力一天满工是十个工分，折算成钱才九分钱。我们每天晚上给队长交钱时，他高兴得直笑：比上一班挣得多嘛！可他给我们记的工分却只有七个。因为窑河在我眼中很美，我也就不计较工分多少了，当然啦，计较也没用。

夏末初秋的时候，窑河的水湛蓝湛蓝的，水面上开满了星星点点的紫色菱角花，顺着花藤扯起来，下面就是好吃的菱角。我和男孩常在船上扯生菱角吃饱，再带着满满一兜回去煮着吃。没人乘船的空余时间，我们就在河边下虾笼，用癞蛤蟆的肉做诱饵，引诱虾子钻进虾笼，只要捉到一两斤，男孩就会天不亮起床，走二十多里地到淮南的集市上去卖，换点小钱给家里买盐。

摇船这活，尽管夏天晒得要死，冬天又寒冷，但我一点都不觉得苦。躺在船上，我经常想起儿时父亲跟我说的一首灯谜："想当年青翠葱茏，看如今枝黄叶枯，莫提起，莫提起，提起泪淋淋。"这个灯谜的谜底就是撑船的竹篙。

摇船没到一年，队长又把我给撤了，因为村里那些奶奶竟然编出顺口溜，说走河东，走河西，没见过大姑娘遛河堤。队长家有个满头白发的老婆婆，经常挂着拐杖，扎着她的小裤脚，站在门口的高坡上眺望河滩，我们的捉鱼摸虾肯定被老婆婆看见了，于是我这遛河堤的大姑娘又被撤职了。

这些都是刚下乡一两年的事儿，再后来，我们小组的同学陆续通过招工招生回城了，最后，几间草房的角落里只剩下我一张孤零零的小床。

我永远不会忘记1976年夏天的那个夜晚，在县城得知，招生中我又一次因政审被刷。从县城水家湖回我们村有二十几里路，相当于绿皮火车一站路的距离。那个夏天的夜晚，已经十点多钟，没有火车了，我憋着泪水，非要从水家湖沿铁路走回插队小组，朋友们劝也劝不住。我沿着铁路，数着枕木一根一根往前走，四周黑得伸手不见五指，但有虫鸣，秋虫伴着我穿过黑暗，穿过薄雾笼罩的村庄，穿过田野、小溪、坟茔……

今天，夜阑人静，水庆中用农民爱庄稼、孩子爱母亲般纯粹的文字，唤起了我内心深处的柔软，我仿佛又被带回那无限惆怅的青春岁月：那遥远而熟悉的窑河湾，河边的小村庄，村口的知青房，夕阳下独倚门栏但见炊烟升起的绝望时光。

水庆中用他诗意的文笔抚慰了我当年的绝望心境，也描绘了我一直无法用画笔展现的乡愁。有位朋友说得好，写作是对疲惫心灵的按摩，那美好的阅读就是对苍凉心境最好的抚慰吧！

《心河集》让我感受了乡愁的美丽，也感受了心灵的抚慰。

2003 年 11 月

1977 年冬

1977 年的冬天，让多少个中国青年夜不能寐，因为沉寂了十年的大学招生，终于又要开始了。

我也和千千万万个十年没有机会报考大学的青年一起，报名参加高考。按照规定，我的户口在插队的长丰县，所以我必须在那儿的考场参加高考。我从借调的县知青办回到生产队，白天干活，晚上复习，准备迎接即将到来的高考。

考试前一周，母亲的朋友突然送来消息：合肥工艺美术厂将通过专业考试，招考技术工人。

合肥工艺美术厂是轻工部直接投资建的全国三个工艺美术企业之一。扬州工艺美术厂，著名的扬州漆器生产地；苏州工艺美术厂，著名的苏绣生产厂；再就是合肥工艺美术厂了，当时以火笔画、竹黄雕刻闻名。我父亲说，每天上班路过正在新建的厂房，就看见两座大楼噌噌地往上升，远望过去，是一处布局非常典雅的景观地。

妈妈觉得我在学中国画，这对我可能是一个机会。最重要的是，如果被录取了，我就能留在合肥工作，而即便考上大学，毕业后也可能被分到外地工作。妈妈连夜到乡下找我回来，要我参加这场考试。可我高考已经报过名了，怎舍得放弃呢？

工艺美术厂的考试时间定在高考的第二天，当时高考是三天时间。

从我下放的地方到合肥坐火车要两个多小时，况且那时火车班次很少，一天只有两班，我无论如何是没法两地兼顾的。

纠结了许久，我放弃了高考中间一天的两门考试，回来参加了工艺美术厂的专业考试。

考试在一个小学校里进行，整整一个学校的教室都被包下来做考场，参加考试的有三百六十人之多，整整坐满了八个教室。那天我觉得如有神助，发挥超常。考完后出来，我胸有成竹，就等着录取通知书了。因为报名时就说一周内会发录取通知的。我知道高考已经没法通过了，把希望都寄托在工艺美术厂的考试上了。

考完第三天晚上，天暗暗的，屋外刮着冷风，家人准备睡觉了，突然听见有敲门的声音，我打开门一看，是工艺美术厂的一个政工干部推着自行车站在我家门口。他拉开脖子上的围巾，头上冒着热气，急匆匆地向我招手，我心头一紧，有种不祥的感觉。我转身用手从背后把家门带上，我不想让父母再一次看到我的失败，因为这之前，他们已经陪我经历过数次招工招生的失败了。

这位干部姓司，报名时我见过他，他气喘吁吁地告诉我，这次特招只有六个名额，你的综合分在所有考生中名列第一，但政审没通过，因为你母亲的问题。明天是最后一次机会了，要在市政府计划委员会的会上做最后决定，你家里如果有办法就赶快去找一下吧。说完，他匆匆地消失在黑暗中。

我进屋来，脸上装着没事，心里却在想着，我该怎么办？晚上在床上悄悄地把这事儿告诉了妹妹。她突然想到，她有个同班同学在市政府当锅炉工，专门给领导烧开水的，找他是可以进市政府大院的。我想不管怎么着，得去找他试试，我要尽最后一次努力。

第二天一早，我找出几张精心装裱好的作品，装在一个布袋子里背上，来到市政府大门前。大门口两个全副武装表情严肃的士兵拦住我，我报出妹妹同学的名字，他们打电话把他找了出来。她同学并不认识我，我赶紧跟他说，到你办公室去，我有急事。士兵诧异地瞧着我，因为这位同学的工作是在锅炉房烧开水。

他领我进去，我把事情一说，他想了一下说：只有这样，一会儿水烧开了，你去给领导送水。那时候，所有领导办公室的水瓶早上都放在锅炉房，等水开灌满后由他一一送到各位领导的办公室。他悄悄指给我看哪个是计划委员会主任的办公室。

我提着两个竹编水瓶，推开主任办公室的门，听见推门声，正在低头看文件的主任抬起头，见是个女娃娃进来，他随口问了一句：你是新来的？我放下水瓶连忙说：不，我是来找事儿的。我不知道哪里来的勇气，一口气把事情的经过讲完。然后，我看着这位不知道姓名的领导说：现在已经打倒"四人帮"了，有的政策也应该变了吧？如果还像原来那样，那打倒"四人帮"的意义又在哪儿呢？搞专业考试就是考专业水平的，我考了第一连当个工人都不合格吗？

领导放下手中的文件，站起来走到我面前：小鬼，你说你画得好，你有作品吗？我可没见过你的作品啊！我转身跑到锅炉房，抱出我那布袋子，把画在领导面前的地上摊开。这时，门外进来个高个子的叔叔，领导说：你帮个忙把这些画挂到墙上。这个叔叔个子很高，一下子就把我画的四幅画在墙上挂好了。我画的是工笔画梅、兰、竹、菊四条屏，领导大约是个书画爱好者，一看，就夸道：画得不错嘛！我赶紧说：这样的水平在工厂当个学徒不行吗？

旁边那位叔叔搞清了情况后，开口问我：你母亲原来是哪个单位的？我说了母亲的单位和名字，他转身告诉领导：她母亲我认识，原来是我的同事，人很优秀，当时还是我们市里推荐到苏联去留学的，后来政治问题主要也因为这个。

领导听到这，朝我摇摇手，不要说了，你把画收起来，回去等消息吧。我抱着画回到锅炉房，心想我不走，我得在这儿等着他们散会。下班铃响了，我瞅着会议室的门开了，里面的人鱼贯而出，那位清瘦的领导走在最前面，后面紧跟着就是我们的厂长、书记，还有那个政工干部，我顾不得其他，赶忙迎上去，政工干部满脸笑容朝我挥手：赶快回去吧，告诉家里人。

没过两天，政工干部带着介绍信去长丰县接我，所有手续都由他去办理。因为这次特招的录取方式是从来没有过的，当年的大学录取通知书也还没下，所以整个迁户口手续费了不少事，但终于办成了，我真的是一周时间就到合肥工艺美术厂报到了。

上班几个月后，五一劳动节放假，我回生产队去取行李，其实也就是两床被子一卷草席，一个木头钉的箱子，但在那个物资匮乏的年代，很珍贵。村里一位回乡青年帮我挑着行李，去公社转最后一道知青手续。公社书记见了我勃然大怒：我当书记这些年，还没听说过不经我们公社党委推荐，没有大队生产队的推荐，就能回城的知青，你凭什么转的户口?! 他指着我的鼻子问。我说：有人推荐啊。他问：谁? 我说：邓小平! 同时，我在心里默念着，还有那位时任合肥市计划委员会主任的丁之先生。

2019 年 4 月

一座桥 一封信

建君：

你好！请允许我暂时这么称呼你，因为我确实不知道你是谁。我们在哪儿认识的？万能的朋友圈让你发现了我，我却找不出你是谁。

前几天，我收到了署名"建君"的你的信息，你说：在一个朋友圈里看到你，忽然想起好久没见了，加一下微信吧。

出于好奇，我翻了你的朋友圈。在有限的展示图中，并没有找到你的相关信息，但你发的一张桐城路桥的照片，引起了我的注意。

你写道：这是我来来往往走得最多的一座桥，昨天又从桥上走过，很怀念那段时光。

怀有这般情愫的人，应该是我的同代人吧？于是我信手在下面写道"我也是"，你回复"擦肩而过"。既然曾擦肩而过，我就当你是久未谋面的故人吧。

给你写这封信，是因为桐城路桥。

人有时很奇怪，厮守一辈子的夫妻没多少话聊，在一起多年的同事也不聊，但在旅途中、车船上、乡间大树下、小城咖啡馆，与擦肩而过的陌生人，却想说说心里话。我们不认识，今天却想和你聊聊我与桐城路桥的往昔今朝。

我上小学时，桐城路桥南是芜湖路，路对面有芜湖路小学，我就在

115

那里读小学，也许我们是校友吧？当年，我家住在屯溪路的电影厂大院，外婆家在城隍庙，去外婆家必经桐城路，必走桐城路桥。

记得那时，桥南的山坡上长满了野花野草，上体育课时老师就带我们爬那小山坡，滚得满身黄土，我们摘来柳枝野花编花篮，边走边唱，好不快乐。桥北头有座尼姑庵，黑漆门头上写着"月潭庵"三个字，大门总是紧闭着，我和妹妹去外婆家路过，就扒着门缝往里瞧，木鱼声声，青烟袅袅，藏着我们探究不到的神秘。

月潭庵对面，过了马路，有几间青砖瓦舍，住着外婆的闺密童奶奶。外婆常在春意软软的午后，用刨花水抿在头发上，挽起发髻，换上干净的蓝士林布大褂，右襟别着一朵白兰花，牵着我和妹妹去童奶奶家聊天。

我外婆姓刘，娘家是淮军将领刘铭传的后代，从小在肥西刘老圩长大。她年轻时从刘老圩嫁到合肥城金家，金家老先生是李鸿章的管家，儿子在北平燕京大学读书，暑假回来和我外婆成了亲，金家儿子就成了我的外祖父。外婆年轻时长得美，大家闺秀，随着外公在大城市见过世面。

有年春天，外婆踮着小脚穿过桐城路，约上童奶奶，带我们到长江照相馆拍照片。童奶奶攥块花手帕，外婆别着白兰花，我身穿花棉袄，和妹妹靠在外婆怀里，笑得甜蜜无忧。两位奶奶的脸上却没有一丝笑容，紧抿着嘴唇直视前方，当时她们也才五十岁，为何会有这么多愁？许多年后我才知道，那时外公和妈妈都因所谓的政治问题，不得与亲人见面，外婆是想拍张照片带去给他们看看我们的模样。

桐城路桥北临着环城路，师范附小和附中都紧靠环城路，附中是我上中学的地方。在那个许多人都上不了学的年代，能拿到师范附中的录取通知书，对我来说太幸运了！

我在师范附中只读过短短一年书，对文学的热爱却起源于此。我们班主任老师叫王世华，也教我们的语文课。他当年是北大的高才生，语言学家王力的高足，毕业时不幸被划成"右派"，来我们这个小城教书。王老师的课讲得精彩，人很儒雅，颇有几分五四青年的味道。上课时他常常手背在后面，一卷在握，踱来踱去。我们从他手上瞅到《金光大道》《欧阳海之歌》等那个时代的文学作品。下课路过老师宿舍，大家总想找点借口进去问这问那。王老师身着蓝色中山装，靠着藤椅，一条深红围巾搭在胸前，春风化雨的情景，是我中学时代最美好的记忆。

短暂的美好犹如铺在灰色年华上的几朵小花。

其实，中学时代我并不快乐。师范附中后门距离桐城路桥不过百米，但我放学后再没从桥上走过，因为"文革"开始后我们家已不住在屯溪路的电影厂大院了。

十几年过去，我终于又搬回芜湖路住，又走上那条路、那座桥。

儿子出生在这儿，上幼儿园、上小学中学，直到考上大学。桐城路桥头已成了鲜花一条街，花店比比皆是，夜晚走过温馨而芬芳。

移居温哥华的表妹回来探亲，我们在桥头的金满楼宴请她全家。表妹小时候在合肥长大，看到这座桥很亲切，她要大家在河边拍照，把我们在桥头成就的美丽乡愁，带给远在大洋彼岸日日想家的舅舅。

儿子上大学后我们搬了新房，之后偶尔开车路过桐城路桥，只顾看红绿灯，再无暇顾及桥上的风景，随着旧城改造，过去的痕迹也荡然无存。

历史也与人擦肩而过，几年前桐城路桥的路牌换成了"赤阑桥"，这名字记载着宋代诗人姜夔在合肥的一段爱情故事。去年在伦敦大英博物馆，偶遇一群讲中文的观众在欣赏姜夔的诗词，他们只是与我擦肩而过的旅客，但我还是忍不住向他们介绍姜夔与赤阑桥的故事：诗人年轻时在赤阑桥结识了一对姐妹，姜夔作诗，她们弹唱，清澈的河水穿桥而过，诗人说这是他生命中最难忘的美好时光。暮年回首，赤阑桥畔再也找不到她们的身影了。

"空城晓角，吹入垂杨陌。马上单衣寒侧侧。看尽鹅黄嫩绿，都是江南旧相识。"诗人写下的自度曲《淡黄柳》如今镌刻在桐城路桥头。

前几天，见网上用图形展示历史：两个酒杯，下面的酒杯装着满满的绿沙，显示曾经生活在地球上的人口，约 1110 亿。上面的酒杯装着浅浅的橙沙，显示现在生活在地球上的人口，约 75 亿。现在的人口只占历史上人口的 6%。

一座小桥承载了我从童年、少年、青年到如今的人生故事，追溯到一千多年前姜夔时代的赤阑桥，该有多少人在此擦肩，多少故事在此发生啊！

万物皆有灵性，万物皆有联系。

建君，桐城路桥让我们的生命轨迹相交，感谢你的命题唤起我的回忆，让我再次用心走过那条路，那座桥，走过我几乎淡忘的旧时光。

2020 年 5 月

敬敷之路

安庆师范大学老校区院子里的两座民国时期遗留下来的建筑——敬敷书院和民国红楼，是我敬仰的，也是我认为最美的校园风景。

去年，我应聘来安庆师范大学任美术学院教授，到学校报到时是个春夏相交的清晨。校园道路两旁笔直的云杉树在风中沙沙作响，绿草坪衬托着红砖楼，碧空中的鸟儿飞过，一辆辆自行车穿行于晨曦的光影中，敬敷书院"紫气东来"的古朴气场扑面而来。

1898 年建在安庆师范大学老校区院子里的敬敷书院，如今已是全国重点文物保护单位。五千平方米的清代建筑群前，粉白的拱形门头上"敬敷书院"四个字掩映在绿树丛中。推开两扇斑驳的红门，一路木质长廊向前延伸过去。两边当年的考棚三进六栋，青砖灰瓦，木格窗棂，前后庑廊，硬石山墙，书院至今还保存着清朝光绪二十三年的考卷。信步走来，不知鹅卵石铺就的小路上有无落下当年桐城派大师们的脚印？

如今这里被修茸一新，建成校史陈列馆，介绍自民国以来一百多年学校的发展变迁史，陈列着历任校长与著名教授的身世学识，任课项目。浏览墙上的照片，陈独秀、严复、刘文典、苏雪林、朱湘、苏曼殊、郁达夫、周作人……一众大师仿佛移步前来，可以与今人握手叙言了。

从敬敷书院出来，右转西侧便是当年国立安徽大学红楼，建于 1938 年间。红楼上下两层，呈凹字形，大门前有罗马柱，二楼是汉白玉围栏围绕的大平台，楼顶有大座钟，整体彰显出民国风范。

如今这里是少男少女怀旧自拍的最佳摄影地，暮春时节，莺飞草长，办公室灯光闪烁着，说不定当年郁达夫就在哪扇窗前写下了炙热的长篇情书，周作人也在这里创作了绝世的散文和俳句。

穿过红楼的照壁从后门出去，沿右手小路继续前行百步，便是现在重建的新教学楼了。楼前绿茵成片，草坪南侧傍着书院粉墙，三五石凳随意地散落在云杉树下，偶尔晚间闲坐在石凳上，抬头便是现代化的高层教学楼，大楼灯火通明，窗前隐约可见的仍是年轻苦读的学子。

我的宿舍在与学校一墙之隔的戏校南路，每天下班回来，我都要沿着敬敷书院走回去。能在这所历史悠久的名校教书，能每天在走廊上面对先贤们的目光，我三生有幸！

从十五岁下乡时就怀揣着大学梦想，到今天能在大学当教授，除了自己努力，最重要的是我赶上了这样的好时代——通过努力能实现自己的梦想！

我在给安庆师范大学闵校长的信中写道：我在美术学院前后工作了五年，五年的工作，我做得尽心尽力，虽然我的工作可能不会在学校留下任何痕迹，但我希望学校能给我的人生记忆中留下一点纪念。

随后，我收到了学校寄来的当年给我的聘书，作为纪念。

每每踱步在校史馆的展板前，学校从清末时期的敬敷书院，到民国时代的国立安徽大学，再到今天的安庆师范大学，不管时代如何变幻，我发现"敬敷世范，勤学笃行"的办学思想一直没有改变。

追溯近现代安徽高等教育的辉煌，两座矗立于安庆师范大学老校区的民国建筑见证了不平凡的历史。过去和现在，历史和未来，不同维度的灵魂在同一时空下奇妙地交织融汇。立在灯火与星光的交汇处，我欣然向着前辈大师追寻而去。

2014 年 7 月

机会与准备

　　有句俗话叫"机会从来都是给有准备的人"，道理很简单，但真能抓住机会是很幸运的。十年前我应聘到安庆师范大学美术学院任教，有些画画的朋友听说了，不以为然，他们觉得，如果是到高校教美术，为什么是你呢？我们也可以啊。我没吱声，我当时也不知道为什么是我。

　　我在美术学院任两门课的教授，一门是最传统的中国花鸟画，一门是前沿学科综合材料。院长让我写这两门课的教学大纲和教学日志。怎么写？院长哈哈笑起来：我们学院用的教材都是你撰写的，你想怎么写就怎么写。我见学生手上用的教材是安徽美术出版社出的《21世纪高等院校美术专业教材：中国画·花鸟》，其中岩彩画一章是我撰写的。

　　记得当年新书出来时，美术出版社的王景琨老师跟我说：你看看后记，提到了你的名字。因为一般参加高校教材编写的专家学者，大都是高校的骨干教师、学科带头人、院系领导，就像医院的临床大夫，一定是要在教学前沿，且有相当资历的教授。而我当时是一介草民，什么都不是，虽有过简短的高校执教经历，但不在体制内，教材编写工作组抽调我参加，作为推荐人，王老师是要担风险的。

　　王老师说安徽美术出版社策划编辑的这套教材，在当时蕴含着新时代的气息，凝聚着全省高等院校美术教育和艺术设计专业的诸多专家、学者和骨干教师的心血，代表着安徽省美术教育领域优秀的教研成果。

岩彩画这一专业领域，出版社领导、编辑认为我是合适人选，他们从各方面考查了我的理论水平，才确定让我参与编写的。

所幸，我没辜负他们，完成的稿件经审查后一字未改动。

1999年，由安徽艺术学院罗跃东老师推荐，我第一次在淮北煤炭师范学院讲课，自那时起我就发现自己很喜欢学校这个环境，也许从那时起我就在下意识做准备。

绘画本来就是自己的专业，坚持在创作中即可，但要撰写理论文章就是难题了。画画人感性，写创作谈容易，进行理论论述就难了。有人说，画好画，把画好的画讲出来，还要讲得好，很难！

在中央美院读书时，郭怡孮先生是学者型教授，他提倡理论引导创作的教学方式，布置大量的论文作业，提升了我们撰写理论文章、把握文章内在逻辑关系的能力。高研班结束后，大家的论文被收入《花鸟画创作教材》《花卉写生教程》两本教材。

理论引导创作，实践又佐证理论，多年来我秉承着这样的治学态度，在《美术》《美术观察》《艺术界》等刊物上发表了多篇论文，用理论来支撑自己的创作。

确实，多年来我没只把自己当作一个画画儿的画工。我喜欢写作，关注学术，爱听好的播音，更是行了万里路，读过许多书。所幸，我的爱好最后统统派上了用场，应了那句话：处处留心皆学问。为此我非常感谢郭怡孮先生，是他在中央美院高研班的教学方式，为我打下了坚实的理论基础。也感谢安徽美术出版社王景琨老师的推荐，给了我理论实践的机会。

机会永远为有准备的人所有，准备永远为机会而努力！

2022年1月

橘黄色的灯光

那年秋天，我们家搬到六楼的新居所，冬冷夏热，我很不高兴，儿子却一本正经地讲：好！登高远望，"极目楚天舒"嘛！

这年儿子刚刚上高一，用他的话讲，是应该放松放松的时候了。每晚学习前他总要到我们的房间晃悠晃悠，看看电视，一个学期转眼就要过去了。

渐渐地，我发现他来得少了，睡得也越来越晚，每次喊他洗脚的时候，他总要到阳台上去转悠一圈，然后才说"好"或者"再等一会儿"。

一天，我在阳台上晾衣服，他指着对面四楼跟我家一样位置的窗户让我看：两幅长长的窗帘中透出一盏橘黄色的灯光，隐约可见一个伏在桌上的小脑袋。儿子说：这人真奇怪，每天灯比我亮得早，比我灭得晚，还从来看不到他抬起头来。这么勤奋地学习，可能是高三的学生吧？我猜测说。儿子点点头：肯定不是高一的，高一的第一名在这呢！他不无得意地说。因为这学期期末他考了合肥一中的年级第一。很快到了我们搬来后的第一次高考，我和儿子都很注意对面的灯光变化，猜测他是不是今年参加高考的学生。三天时间过去了，第四天灯忽然亮了，而且是一直亮着。

新学期开始后，那橘黄色的灯光一如既往，像盏不会熄灭的小金橘灯，一直亮着。儿子失望地猜想：他可能是没考上，进我们一中的炼狱楼去复读了。以后，每次晚上去阳台，我总会有意无意地看看那盏小橘灯，真的，一两年来几乎从没见过那个脑袋从书本上抬起头来，始终没有见过灯主人的面孔。春节到了，年三十晚上我们全家在外婆家吃了年饭回来，我说：儿子，今晚全国人民都放假，你也和我们一起看春节联欢晚会吧！好！他答应得很干脆，进门就捣开电视。主持人光彩灿烂的笑容刚露面，他又本能地冲向阳台看了一眼，转身就大叫：不看了，不看了，那人不是人，简直是妖怪！

原来金橘灯仍在亮着……就这样，金橘灯成了我们家灯亮灯灭的标准，也成了儿子学习苦海中一盏指路的航标灯。第二年，高考又来临了，对面的灯光时明时暗，让人捉摸不透，到了八月底，突然彻底灭了。他一定是考上外地的大学了，对着黑洞洞的窗口，儿子欣慰的语气里不免夹杂着几分深深的失落。是啊，没了金橘灯，你不会迷失方向吧？我试探地问儿子。他一跺脚，拳头狠狠地砸在墙上：还有我呢！我也是金橘灯！

那年冬夜，常常是窗外北风呼啸，窗内儿子伏在桌前，棉袄被扔在床上，他的头顶像小蒸笼一样，腾腾地冒着热气，那种忘情投入学习的情景，让我这个做母亲的久久不能忘怀。这年，儿子以优异的成绩考取了上海交通大学。春节回来时，对面那橘黄色的灯光也亮了起来，我禁不住想过去敲门，问问那是怎样一个孩子，看看那盏灯下的面孔。儿子拦住我：别，还是让这盏灯永远神圣地留在我心中吧！儿子长大了，像燕子一样飞走了，将那片灯光永远留在了我的心中。现在，每当夜深人静的时候，临睡前我总是习惯在夜空下搜寻那点点灯光。这一盏盏催人奋发的灯是孩子们在回报祖国和父母的养育之恩，不也是在召唤我们这些做父母的人和孩子一起奋进吗?!

2003 年 5 月

画室里的小米

小米是一只成年的女性小耗子，它失去了居所，而误入了闹市区三里庵的一间小画室。

是居所被拆了？还是遭丈夫的家暴？不得而知。但它不能像别的耗子一样钻墙打洞，只能流窜于楼道、阴沟，甚至垃圾箱里，因为它怀孕了，得保护自己肚子里的宝宝。

它东走西走，发现了四楼的墙壁上有个小洞，尽管有电线穿洞而过，但它可以勉强钻进去。它小心翼翼地探头，看到房间里静悄悄的，没人。

屋里很整齐，地板上铺着花地毯，四壁墙上挂着画，桌上摆满盛着各种颜料的盘子，小米觉得这是个可以安身的地方。

因为没有人，也就没有吃的东西。几天过去，小米忍饥挨饿，后悔选了这个地方安家，它想顺着来时的洞口再爬出去，哪知喇叭状洞口这头是细的，它的大肚子怎么也钻不出去了。

就在小米快熬不下去的时候，一天，屋里来了女主人，她进门先伸手打开音响，然后俯下身画画。音乐把小米吓得躲到堆满画框的角落里，它眼巴巴地等着女主人弄些吃的来，可女主人沉浸在音乐和绘画中，似乎忘掉了时间。

终于，女主人起身出门，随着她回来，飘进一股浓浓的香甜味道，小米立即兴奋起来，觉得自己有救了，耐心地等着天黑。很晚的时候，女主人砰的一声关上门，走了。

小米迫不及待地顺着香味爬出来，只见一包香甜油亮的糖炒板栗放在桌上。小米奋力将板栗连纸袋推下去，慢慢拖到画架的角落藏好，然后把地上打扫得干干净净，不留一丝痕迹。它想，最好主人再来时，忘掉还有糖炒板栗这件事。它一个一个数着板栗，计划每天吃一两颗，能维持到孩子出生就行。

后面的日子，女主人有时来，有时不来，即使来她也只埋头画画，从没想起板栗的事，也没翻过小耗子藏身的角落。

小米的肚子越来越大，身体越来越重，它感到不久后就要生产了。

夜晚，小米蜷缩在冰冷的地板上冻得发抖，它忧愁地想，孩子如果生下来在地板上，会很快冻死的，怎么办呢？它借着窗外路灯微弱的光亮，希望在屋里找到一个适合生宝宝的窝。

小米发现放板栗的书桌一头有三层抽屉，它钻进去看，第二层抽屉里整整齐齐地码放着相册，平整硬实又安全，是不错的选择。从此，每当夜深人静的时候，它都拖着蠢笨的身体奋力爬进抽屉，运用挖墙打洞技术，把相册从中间向四周咬开，做成圆形的窝。

相册里夹满了照片，相册和照片纸非常锋利，一不小心就会划破嘴，它就用尿液软化相册，每天啃一小块。白天女主人在屋里画画，它就休息养生，夜晚再开始工作。连续几天，它终于做成够几个宝宝躺下的小窝了。但新生儿的皮肤薄薄的，吹弹可破，怎么能睡在这坚硬冰凉的窝里呢？它愁得不知如何是好。

小米在等待着机会。这天，女主人忙了一天，临走时把一卷搽笔的卷纸放在桌上，小米一阵狂喜，机会又来了。夜里小米用嘴将卷纸拖到地下，咬成一段一段的，再衔到窝里，细心地将相册周围盖得严严实实，不露一点儿硬边，一个安全柔软的窝终于完成了。可它无论如何也没有本领再将卷纸复原放回桌上，就任卷纸在地上横着吧。

这两天屋里静悄悄的，女主人好像知道它要生产怕打搅它似的，白天也没来。终于到了临盆的时候，小米肚子痛得顾不上是白天还是黑夜，赶紧爬进抽屉里的小窝，生死折腾一番，顺利产下了五个粉红色的小宝宝。小家伙们的眼睛都没睁，挤在妈妈铺就的温暖的窝里吱吱叫着。妈妈怕压着它们，小心地趴在旁边守着。

天黑下来，小米拖着产后虚弱的身体正准备给孩子喂奶，突然门响了，女主人拉灯进来，随即又飘进一股久违的熟悉的香味。一定又有糖炒板栗啦，小耗子躲在黑暗中看着女主人。

卷纸怎么掉地上了，还拖得这么长？女主人自言自语，走过去把卷纸捡起来卷好放回桌上。她丝毫没注意到发生了什么，打开音响，优美的音乐声遮盖了小米的宝宝们吱吱的叫声。

女主人走到桌旁坐下，一手拿本书看，一手吃糖炒板栗。忽然，抽屉被拉开了，女主人眼睛盯着书本，手却伸向抽屉里摸相册。哇！一声大叫，小米和女主人都差点晕过去。什么啊？什么啊?! 女主人俯下身看抽屉，一窝粉红的、软软的、蠕动的小耗子！她哇哇大叫，冲出去拍开隔壁邻居的门，喊来了个彪形大汉。大汉手里拿着长长的火钳，走到宝宝们的窝前，一夹一个小宝宝扔了下去。小米颤抖着，心如刀绞，眼睁睁看着可怜的宝宝们就这样没了。

女主人一把抽出抽屉反扣在地上，将卷纸上的尿液、血污倒在地板上，把被咬破的相册里的照片抽出来，试图擦干净，看得出来她很心痛，因为那些都是非常非常漂亮的牡丹花资料。

那晚，小米说：我和女主人都彻夜未眠，我为我的孩子伤心，她为她的资料伤心。天亮时她走了，那包糖炒板栗撒落在桌上，我强打精神把板栗拖过来，孩子没了，可我还得活啊！

几天过去，画室里来了个男人，他把一个造型很奇怪的铁夹子放在书桌边，上面还有块香香的肉。

后来一段时间，夜里小米再也睡不着了，眼看栗子快吃光了，想着那些失去的孩子和孩子的父亲，它太想出去了，可产后的它还是钻不出洞口，它觉得自己快要死了。

饿得实在不行了，小米慢慢爬到铁夹子那儿，肉还在。它研究了铁夹子，觉得那是个凶器，如果要咬到肉，就必须爬到木板上，铁夹子就像悬在头上的剑。

小米绝望地环顾四周。墙上的画，还有那些绵软的纸是不能咬的，那都是女主人的心爱之物，无论如何，我后半生的命，是女主人救的。想到这，小米心一狠，死就死吧，到那个世界，我就能见到我的宝宝了。小米整整仪容，大步迈上木板，只听啪的一声，尖矛落下来，小米离开了世界。

故事讲到这，我得告诉大家，我就是那个画室的女主人，小米的故事就发生在我三里庵的小画室里。那个画室我用了五年，直到搬家挪开晒台的画框，在墙角发现两个装板栗的包装袋和一堆板栗壳，我才解开小米故事的秘密。从那晚发现刚生下来的小耗子起，我就在想，这只耗子怎么进来的？怎么活下来并在这生娃？它老公呢？这屋里是不是还有一只男耗子？疑点重重。

这屋我不经常来，也不在这里做饭，买板栗前后时间相隔挺久，它们怎么活下来的？扔掉小耗子后我要出差，临走前告诉老公说，画室里一定还有一只男的大耗子，他说：没问题，我再去装个老鼠夹。可自从小米去世后，再也没有上钩的老鼠了。

查资料后我才知道，老鼠在怀孕后一定要搬离它原来住的地方，到别处生孩子，并且没有老公陪同。还原这个故事：小米怀孕后无意中钻进了我的画室，在这里靠一袋板栗为生，一直坚持到生下孩子。孩子被扔掉，它独饮悲痛，靠另一袋板栗顽强活到最后，大义凛然赴死。根据时间推算，它在我的画室里待了至少半年以上，除了为给孩子做窝，没有咬烂一点点画室中其他的东西。

我不禁惊叹，连老鼠这样的小生物，都有如此顽强的精神！

三里庵小画室是我从北京回来后用的第一个工作室，那时是我的创作高峰期。2001 年夏天，我在安徽省博物馆举办的第一个个人画展"石兰重彩画展"中的大部分作品，都是在那个小画室里完成的。想到那时有这么一只小耗子，用它顽强煎熬的后半生在画室里陪我，我为它感动。但那晚如果没有碰巧扔了它的娃，就不知是什么后果了。

2021 年 12 月

辛庄，辛庄！

同学钟云打来电话，问我愿不愿去北京一个学堂教一段时间课。我想都没想就说愿意愿意，我已经很久没去北京常住了，非常高兴有这样一个机会。在对学堂一无所知的情况下，我就订了去北京的机票。到北京下飞机，两个年轻姑娘开辆高头大马的越野车来接我，我穿着迷彩的大衣，神气十足地跨上车。后来姑娘们跟我说，我当时的穿着和举动把她们吓了一跳，大约她们听说我是一位不年轻的老人家，没想到是这模样。哈哈，有这效果我特别开心。

一路上我们往昌平方向开，路边一闪而过的路牌把我弄得挺疑惑，一会儿是什么什么公墓，一会儿是什么什么皇陵，学堂怎么会在这样一条路上？有朋友晚上来看我，他们一路上看到这些路牌吓坏了，以为我被绑架了。

在学堂时，我们曾经去后面山上的塔林玩，看着那些奇怪的建筑，奇怪的排列，才知道这里是僧人的墓地。我们怎么进到墓地来了？钟云笑道，北京人的风俗，墓地才是最好的地方呢，过去皇陵不都选风水最好的地方吗？辛庄就是最好的地方！

辛庄学堂是钟云和几个朋友合办的，他们意在传播中国传统文化，学堂里不是简单地教美术，而是采用习武、游学、骑射、绘画相结合的模式。

钟云是中央美院的大才子，花鸟系本科毕业生。我们读高研班那年正赶上央美校庆，学校通知每个班可以领三百块钱买水果，招待返校的老校友。我和钟云去买水果，他说，我们可以把水果通通吃掉！不是招待老校友吗？我问。他哈哈大笑道，你知道吗？新中国成立后，中央美院从成立至今，花鸟专业一共只录取过十七位学生，最长的一次是连续三年没招到一个学生。现在这十七位毕业生中，六位留校了，六位去世了，剩下五位全在咱们班啊。我跟他一起大笑。

其实，三年没招到学生后招到的第一个学生就是钟云。开学时，他说十几个老师围着办公桌坐，当中只有他一个学生，搞得他像个主持会议的主席在给老师开会。他说：本科我就是这么战战兢兢过来的。

高研班的时候，我和钟云在一个画室，我们的交情就是每天下午四点钟他到班上转悠一圈，然后请大家吃晚饭。我始终在教室里，所以我每天跟着去蹭饭，直到毕业这么多年来辛庄时，我才突然想，这难道是偶然吗？

辛庄学堂的环境很有诗意：教室旁，别出心裁地用青砖砌的小桥流水，红色鲤鱼在水渠中游来游去，水边上种满荻花、青竹、紫藤——在这样的氛围中弹素琴、阅金经是何等的享受啊！

学堂的厨房别有一番风景：这里永远是男生在忙碌，一色的帅哥个个抖着肩膀，炒菜的炒菜，切菜的切菜，刷锅的刷锅，摆桌的摆桌。热气腾腾，好不热闹。开始我看不下去，想着去帮点什么忙，被他们拦住：哎，你可别破坏了辛庄的传统哦！

辛庄学堂的学生结构也很有意思，因为附近有个国外教育机构办的学校，专教外国孩子学中文，所以很多学员都是那个学校学生的陪读家长。学员中卧虎藏龙，个个都了不得，我刚去时还不了解，后来发现了他们各自的才能和身份，只有老老实实地向他们学习。

我认识的第一个学员叫草原，他是美国移民，陪儿子在这读书。他在村里买了一栋房，建得特有味道。他自己以前是国内著名的教育机构的董事长，现在是一名专业的登山运动员，据说曾在全国的攀岩活动中拿过名次。他的大篆写得非常有气魄。可惜没处多久他就回美国盐湖城去了，临走时说他在桂林别墅花园地下埋了几坛好酒，等我们去喝。

学员中有位秦老，称他秦老是因为他比我大，70岁了。他是新疆哈密骨科医院的院长，退休后来学画。他女儿对他特别好，说，去北京学习吧，又可以逛北京城，又可以学传统文化。秦老高兴地来了，到这一看，从辛庄去故宫得开车两小时，他也很高兴地接受了。

秦老拉得一手好二胡，每天晚上在宿舍的小客厅里听着他拉二胡，我们女生泡脚、贴面膜，开心得不得了。我跟秦老有个约定：每天晚上沿着大运河走一圈。一只小土狗跑前跑后地陪着我们，春风柳浪的黄昏真好。

班上还有一位才貌双全的靓女雅楠。她带着两个儿子，每天把儿子送到学校再来上课。她才思敏捷，画得好，写得也好，曾在美国芝加哥大学留过学。她请我去她家做客，说她妈妈很期待我。为啥？因为她们母女有代沟，我可以做黏合剂啊。雅楠高抬我了。

在她家我看到一本谈儿童教育的书，封面是她的头像。原来她就是这本书的作者，我儿媳家也有一本，怪不得我觉得她似曾相识。雅楠真的很了不起，她爱人央美毕业，是搞版画的，前两年办个人画展的时候，不幸意外去世，整个生活的担子，就靠她瘦弱的肩膀扛下来了。

辛庄学堂的文化氛围很浓，文化中又带有几分江湖侠气，这与钟云气息相通。学堂有个养马场，下午茶歇的时候，就可以去骑马。前面是马场，后面是靶场，骑马、射箭两样都学会了，就可以骑着马射箭，特豪爽。这是我最喜欢的一项运动。

学堂弟子玉金的武术功夫了得，会养马，他起早贪黑辛苦照顾的马还生下了小马驹，全是他的功劳。玉金画的画也充满了武侠味，所以说风格是血液里带出来的，不用刻意追求。

咱们班还有个坝哥，西北汉子，人长得帅气，脸上总带着憨笑。晚上我们画画，他在旁边瞅着。我说，你傻瞅着干吗？为什么不给咱们吹一段埙提神啊？他腼腆地笑笑，吹起《故土》。我跟他说起在美院国画系学习时，班上有个同学叫小福建，会吹埙，常常晚上关了灯在走廊上吹，营造诡异气氛。说到这儿，巧了，小福建竟然打电话来了。我说这有个学员叫坝哥，小福建听了吓一跳，他说可不得了，他是全国有名的埙王，当年我为了收藏他制作的一个埙，追了两三个城市也没弄到。啊？我也吓一跳，小福建现在可是亿万富翁啊，他要啥能不行？我真是有眼不识泰山，从此对坝哥刮目相看。

坝哥悟性极好，从小没读过多少书，自从跟着钟云做徒弟，现在写字、画画、吹埙样样拿手，还养了一对美丽的儿女。有次周末我们一起去潘家园，想在旧书摊淘画册。中午突然狂风四起，潘家园广场冷得让人无处藏身。坝哥领我们躲到一个屋檐下，风在空旷地上打转转。坝哥说：我以前周末就在这吹埙，从早上九点一直吹到下午五点收摊，中午常常饭都吃不上。我们问：是没钱吗？他点点头：没卖出埙我就不吃饭。然后他头一偏笑说着，是饱吹饿唱倒着来的苦中作乐。

学堂里大家都爱传统文化，节假日我们结伴去梅兰芳大剧院看戏，去山里的古刹探幽，在午后的阳光下烹茶、抚琴、勾兰花、写小楷。阿敏、小红女和学堂的几位小老师，大家来自四面八方，并没有"独在异乡为异客"的孤寂。想起我当年在北京漂时，在寒风呼啸的夜晚独自一人面对墙壁啃冷馒头的日子，我觉得辛庄太温馨了。

学堂的大部分学员从事自由职业，多半靠卖画、教学等手艺生活，但活得乐观洒脱，我行我素。常常晚上画完画，十一二点，我们开着车穿过那些公墓啊，皇陵啊，空不见人的土路啊，去小镇上寻酒馆吃拉面、喝烧酒，再唱着歌回来。

　　离开辛庄没多久，听说村子里发了拆迁令，学堂搬到别处，我也再没去过。辛庄学堂在我心里是那种困苦中给你温暖，给你诗意，给你江湖豪情，又给你希望的地方。

　　我喜欢辛庄的小伙伴，发自内心地跟他们一起嘻哈。这不，有天我从市里姑妈家回辛庄，转车倒车在路上走了两个多小时，诌了首打油诗发到朋友圈。学堂里的同学们看到了，如颂妹妹立马给我发信息：老师，我们在马路对面等你！

　　　　　　　　等你　在路上
　　　　　　　　风从树上掠过
　　　　　　　　树映在湛蓝的天空
　　　　　　　　天笼住温暖的阳光
　　　　　　　　我在路上

　　　　　　　　在通往有着汤泉的小镇的路上
　　　　　　　　虽然我还没有
　　　　　　　　记住小镇的名字
　　　　　　　　但我知道终点的车站

　　　　　　　　多想下车后看到
　　　　　　　　你在那边
　　　　　　　　我在这边
　　　　　　　　相望　相望

　　　　　　　　你来与不来都一样
　　　　　　　　我依然会如约

沿清水渠到桥头
到桃林旁的辛庄

辛庄　辛庄
那个笑语盈盈的学堂
你那斜插花头
墨香浓浓的书案旁

2017 年 12 月

琼花之约

2020年春夏之交，新冠疫情形势似乎有了好转，在家里待了三个多月的人们纷纷走上街头，病魔也好像一夜之间从大地上消失，从人间消失，大家又过上往昔自己热爱的生活。

这个仲春我们分外珍惜。女作家吴玲发来一条消息：琼花开了！去扬州了？我问。她说：没有啊，合肥植物园里就有琼花。吴玲约我们下午去看琼花。木桐、蓝叶子、木槿花开、我，还有一位可能迟到的姚云。无意间大家发现，我们的名字怎么都是植物啊？

说是植物园，其实这里没有多少人工培植的花卉，相反，园子的西边有一大片荒芜的草地，树丛中，吴玲领我们来到琼花树前。

传说只有扬州才有琼花，多年前的5月，我和上海的斐姐特意为此到扬州去赏花访友。我们去看平山堂的琼花，意外发现东山魁夷画的佛像藏在一个不起眼的角落，园里特别珍惜，用玻璃框装起来，大师的笔法色彩就是不一样。一激动，我竟忽视了琼花的存在。

从此在我的印象中，琼花只属于扬州，我竟不知道在自己的家乡还有这样一种小小的白花。

琼花又被称为聚八仙，因它由八朵白色小花组成一簇，白色小花美丽圣洁，却是无性之花，中间的两朵细碎小花才是可以繁殖的。它的花语是美丽浪漫的爱情故事。植物园这两株小树上的琼花显然没有扬州的花繁盛，但也充满了春天的野性恣意。

　　大家围着琼花观赏一番，又是拍照，又是赞叹，到底文人不一样，绕着这花半天不肯离去。我远远望去，见树丛尽头透出亮晶晶的水影。吴玲把手向西边一指，说那就是董铺水库啊。我看着水边的情景，一望无垠，似曾相识，仿佛前世来过。

　　绕着植物园转了一圈，我确认小时候跟爸爸来过这里。这就是 20 世纪 50 年代的蚕场，也就是女子教养所。妈妈年轻时因所谓政治问题曾经在此待过五年，那是我人生最初的记忆。爸爸领我在河边坐着等人，应该是在等劳动归来的妈妈吧。阳光斜照着亮晶晶的水面，爸爸从河边捡起薄薄的小石片，弯腰将石片掷向水里打水漂，石头在水面像鱼儿一蹦一跳地向前跃进。爸爸打的动作很漂亮，那么年轻，那么帅气，我后来再也没见过爸爸这般模样了，这应该是我对爸爸最早的美好记忆。

　　如今，爸爸已经离开我们十年了，妈妈去年也已去世，面对着这两树琼花，觉得是父母托它们在冥冥之中引导我过来的。风拂清姿翩跹处，寻芳偶见旧时栏。除却圣洁的琼花，还有什么花能做春天的使者，引领我故地重游呢？

　　走上植物园的林荫道，吴玲突然指着远处一个款款而来的红衣女子，那不是姚云吗？她是老总，很忙，这会儿才匆匆赶过来。姚云的名字我早就听过，但跟她并不熟悉。大家围着琼花就说开了，都觉得这么美的花朵仅仅拍下来是不够的，应该描绘下来才是。姚云提议，我们一起学画如何？我当然同意，这几位女才子都是安徽文坛的名人，每人都出过多本散文集，我该好好向她们学习才是。

　　今天，在这个病毒侵袭下的春天，我们约定：每周一次，在姚云满是鲜花的办公室，学画花卉。琼花之约，在琼花开放的春天相约学画，从夏到秋，铺开画卷，满满都是姚云办公室夏日午后繁花锦簇的印象。好"花"知时节，我收回遥远的思绪，心里已有了一幅琼花的画面。

2020 年 6 月 24 日

寄情兰州

对故乡的眷恋是人人都理解的，然而往往在你的内心深处还藏有那么一个地方，它没有生你养你，你也没有长久驻足，却让你魂牵梦绕，久久挥之不去。

我眷恋的是千里之外的兰州。最初认识兰州是在小学语文课本上，"无锡的大米兰州的瓜，好不过老子亲不过妈"，能用父母亲情比拟的地方一定是最动人的了。长大以后知道兰州是西北重镇，抗战时期许多文化名人都曾流落于此，发生过许多悲欢离合的故事。

真正走近兰州是几年前的一个冬天，我去甘南写生路过兰州，来去匆匆，还是去看了奔涌的黄河水。斑驳的大铁桥、黄河滩上的乱石劲草、栖憩相偎的野鸭子，全都裹在呼啸的北风中，苍茫而浑然。

这些都沉甸甸地装在我这个从小就生长在江南的女人心中。

蓦然记起，甘肃书家夏天公先生书写的一副对联"风雪乱山岗，孤独异乡人"。可我在兰州时却没有感到丝毫的悲凉，充盈心间的仿佛是久别还乡的温馨情怀。

人往往有一种错位的感觉，错位的距离感会产生十分强烈鲜明，甚至刻骨铭心的艺术形象。

画家陈丹青是南方人，在西藏短短的时间里画出了震撼人心的油画作品《西藏组画》。同样，画家马忠贤在歙县逗留一两天，回去后画出了韵味十足的水墨画《徽乡遗韵》。这般感受也是久处此境的人所无法体会的。

　　人还有一种感觉就是"情随境迁"。繁华闹市，举目无亲，如置身于沙漠。穷乡僻壤有亲朋故友，乃人间仙境也。余秋雨先生说过，带一箱书，再有夫人相伴，天涯海角，处处是家。我想，夏天公先生的联句也一定是他当时心境的写照吧！

　　那年冬天，我的家乡下了一场南方少见的大雪，风雪之夜，思绪纷纷，挥毫致兰州友人："但愿玉树三千里，一路银花着兰州。"

　　烟花三月，窗外春雨飘摇，乱红飞落，江南的春已是很深很浓了。看天气预报说西北地区一直干旱无雨，恨不能"安得倚天抽宝剑，把汝裁为三截？一截遗欧，一截赠美，一截还东国。太平世界，环球同此凉热"！

1997 年 5 月

四月荼蘼

——访徐志摩故居

四月的午后，从海宁转车去杭州，就是一次淡淡的路过。

离上车还有点时间，我无聊地望着出租车窗外划过的陌生街道，忽然看到"徐志摩故居"几个字，想起来了，海宁是诗人的故乡啊。我拍了拍前面的司机问：去那儿远吗？不远，过两个街口就到了。司机边回答边将车转入一条洒满斜阳的小巷，停在徐志摩故居门前。

徐志摩的《再别康桥》，加之他的婚恋，加之他的早逝，牵着多少颗灵动的心啊。下车后，我没有即刻进屋，而是细细环视这里的一帧一景，生怕与诗人的偶遇太过匆匆。

时值四月，花园满目青绿，植物被修葺得规整而有层次。西南角草坪上的一组欧罗巴长椅，透着浓郁的西方情调。粉白墙角，芭蕉叶衬着零落的玉兰花，淡绿中隐含几分春的忧郁。倒是那一树硕大的碧桃花开得如火如荼，纷纷扬扬。

抬脚迈进西方风格的四合院，只见这座建筑两层小楼前后递进，前楼堂屋两边带东西厢房，后楼屋顶有露台，可登临。房子是1926年诗人的父亲为儿子结婚所建，窗棂上镶嵌的全是彩色玻璃，据说装修时许多装饰创意都是诗人亲力亲为的。

院子里静静的，空无一人。我慢慢浏览，目光停在徐志摩遗像前。照片上的诗人裸着胸膛，双眼却目光炯炯。悼念徐志摩的文章中有记载，徐入殓时穿的是长衫，陆小曼认为他应该穿西装，为此还跟张幼仪大发脾气呢。这张照片应是当时的现场拍摄，诗人为什么睁着眼睛呢？穿制服的保安看出我的疑惑，走过来说：那眼睛是后来修上去的，诗人坠机身亡时碰在头上，上身是完好的，修补是为了纪念相更完整些。你怎么知道的？我问。老乡嘛！他以一口方言笑道，指着楼梯引我上去。

二楼东厢房是诗人与陆小曼的婚房，卧室里所有家具都漆成粉红色，幸福之光处处满溢。结婚前夕诗人给陆小曼写信："我到上海要办几件事，一是购置我们新屋里的家具，北京朱太太家的那套藤式样的，我倒是看了，但放卧室里似乎不合适，床我想买下 TWIN 的，别致些。"这是诗人亲力亲为的佐证。

卧室内侧有间温馨雅致的书房，墙上挂着诗人为陆小曼亲笔题写的"眉轩"二字。窗棂清晖斜照，铺就满屋诗情，这里的一景一物似乎都留有诗人的气息。

西厢房是诗人母亲和义女张幼仪的卧室，与东厢房相比只剩清心寡欲。作为女人，我一直想张幼仪当年住在这屋的感受，她是怎么熬过来的？张幼仪被抛弃后，守寡到五十多岁，嫁了香港一个治花柳病的大夫，过了二十多年。丈夫去世后，她到美国投靠儿子，可儿媳竟指责她曾改嫁，不让她入徐家门。老太太独居至八十多岁，客死他乡。晚年她从没提过徐家的事，后来她侄孙女在美国读书，无意中发现姑婆婆竟是徐志摩的前妻。张幼仪对她说：徐志摩生命中的三个女人，最爱他的还是我。这西厢房也是张幼仪最爱徐志摩的佐证。

楼上有人吗？一个清亮的声音从楼下传来。有人，那保安压低嗓音，是个瘸子！我从二楼向下看去，只见天井中一位白衣少年正扭头朝上望。两天前我在雁荡山写生扭伤了腿，今天忍着疼痛尽量保持平衡前行，还是没瞒过那精明的保安。

我到楼下，抬眼见那位少年正俯身读诗，窗外婆娑的树影摇曳在他的肩背上。我正翻书，保安小跑过来，殷勤地介绍：后院还有口井，是他家原用的，不看看吗？他领着我们穿过走廊来到后院：几竿翠竹，一树荼蘼，老井映着红枫，粉黛青瓦的山墙前，回身看到那少年手持书卷临风而立，恍惚间竟有几分诗人穿越的秀风神韵。

大约看我是个"残疾人"吧，跨门槛下台阶时小伙子伸手相助。我见他细纺布白衬衫扎在牛仔裤里，脖子上挂根红绳系的银吊坠，青春逼人。风卷碧桃，落花纷扬中，我随手帮他抓拍了一组长椅落花的照片。小伙子眉头一挑：你是搞艺术的？你相信命中注定吗？他转过身来，边向后退着，边按着胸前的银吊坠对我说，他在暗恋一位姑娘，今天下午正和几个朋友喝咖啡，突然心头一震，冥冥之中觉得非得来趟诗人故居不可。这不，他笑着扬起眉梢：你拍的画面正是与我灵魂相撞的风景！

小伙子说他老家是山东的，他在这工作三年了，来这就是为了离诗人更近些。我笑而不语，打量着眼前这位白衣青年，当年的徐志摩也是这般英姿勃发吧？

天色渐暗，在故居门口的书店，我挑了本封面"开"满茶花的《徐志摩文集精选》，小伙子选了《爱眉小札》。

环顾诗人的爱巢：所有的春风碧草、楼台雕栏、情话诗文都在，唯独诗人不在了。再回头，落满桃花的长椅下，软泥上的青苔散发着清香，少年在巷口跟我挥手。最好的季节，合适的地方，遇到前世今朝叠印的情愫，也不枉对了这一树荼蘼。

2014 年 4 月

雪 浪 石

　　画画人比较可怜，没有眼睛看电影电视，即便在画室里放上一台电视机，也没有眼睛看，只能听声音，常常在这种状态下听完一些电影电视。为什么呢？因为遇到好的片子，你会忍不住要抬头看，一看就忘记画画了。比如我在画荷花，正好播放电视剧《甄嬛传》，忍不住看剧中人物的华丽服饰，结果那张荷花就被画得花团锦簇、五彩缤纷。

　　有次我腿受伤没画画，在画室里看了一部电视剧《人间四月天》，黄磊和周迅扮演的徐志摩、林徽因十分养眼，打电话向朋友推荐，朋友淡淡地说：我们上大学前就看过了。

　　关在家里的那段日子，我发现一部过去的电视剧《大校的女儿》。这部片子是军事题材的，同时也包含一段隐忍的感情故事：男女主人公因为种种原因不能在一起，只有默默无声地相互关注，这感情支撑着他们各自坚强地面对现实，并持续影响了他们的一生，我觉得这正是爱情的真正意义。

　　因为喜欢这片子我就多看了几遍，拍摄地的海面碧波万顷，日出日落，美极了。我注意到一个细节，男女主人公在海边散步时，姜士安在海滩上突然滑了一下，很奇怪导演为什么没把这个镜头剪掉呢？难道保持平衡很难吗？因好奇，我就查了一下，发现这个片子是在山东长岛拍的——我要去长岛！

前日正好有朋友邀请我去那里看一家画材工厂，地图上看位置离电视剧拍摄的海岛很近，我一激动就在网上点了当天的机票，再查阅一下当地的天气，当天那里狂风加冰雹，船靠不了海岛，好遗憾，只得另择日子啦！

我在朋友圈写道：多年前因电影《花样年华》与闺密飞到柬埔寨看吴哥窟的树洞；因梅里美的《卡门》乘马车穿过西班牙塞尔维亚的街头；坐过王尔德家门口的咖啡馆；也曾把心留在了旧金山……

曾经看过一段话：大概因为年龄渐长，一个人背着包探索世界的欲望如潮水渐渐消散，当独自站在巴塞罗那街头，突然就一阵热泪盈眶。年龄是一种幻觉！我老了又如何？我一个人又如何？西班牙还是很美！

我读到时只想说：我也是！

终于，九月的一个傍晚，我乘坐的航班降落在烟台机场，海风吹客到蓬莱，那晚我们住在蓬莱阁海边的隐居别墅里。

放下行李，陪我的小园姑娘拉开车门说：走！带你去吃鲅鱼饺子。饭馆里，山东小伙端来一个盘子，里面只盛了一只硕大无比的饺子，饿了一天的我一口气吃了下去。吃完我对小园摇摇手说，别点鲅鱼饺子了，这豆腐饺子就很好吃，小园看着空盘子哭笑不得。

夜晚海浪轻拂脚背，坐在无人的沙滩，面对夜幕中的蓬莱阁，我们又在想着明天的行程。

记不清在什么资料上看到介绍：长岛周边的一个小岛上出彩色石头，老乡们的房子都是用彩石堆砌的，五颜六色。历史上，小岛上还出产一种雪浪石，是做"金星雪浪砚"的石材。小岛偏僻，无人知晓，直到乾隆皇帝题诗夸赞，才闻名于世。

这个小岛叫砣矶岛，乘船有三个多小时航程，是长岛的下一站。"金星雪浪砚"引诱着我，来都来了，我们决定先去砣矶岛，回程时再去长岛。

一早从蓬莱乘船，这天有八级风浪，涌很大，初次来的人只知道看几级风浪，却不知涌才是船上下颠簸的元凶。我和小园抓着船栏杆，经历几番把胆汁吐尽的痛苦，终于来到岛上。

砣矶岛是个完全没有开发的留守老人岛。午后，我们找来一个开着破面包车的女司机，要她送我们去雪浪石的洞口。女司机用疑惑的眼神看着我俩说：要爬六百级悬崖边的台阶，很危险！我们不动摇。她又说：看门的人可能下班了，上锁了进不去。我们仍坚持要去。她没辙了，把我们拉到石滩上拍照，待我们再坐上车时，太阳已经偏西了。我们催她快走，破面包车沿着蜿蜒的小路摇摇晃晃，两边都是荒芜的茅草，小路时时有被草淹没的感觉。

颠到路尽头，女司机把车停到旁边，指着一人多高的铁丝网栅栏说，看吧，人家下班了，上锁进不去了。我问，雪浪石的洞口确实是在下面吗？她指着铁丝网那边的碑石"砣矶砚矿坑遗址"给我们看。小园对着铁丝网面露难色，我低头看看自己穿的长裙，毫不犹豫转身去车上换了条牛仔裤。我向小园招手：来，翻铁丝网啊！心想，我也不是第一次这么干了。

记得有次在西双版纳植物园写生，画得入神，没注意到奇花异卉园下班了，看门人把铁门锁了。那晚植物园有晚会，我背起画板到门口一看，四周空无一人，瞧着两米多高的镂空铁门，只有翻门出去啦。我爬到门顶上正要把画板扔下去，一个声音传过来：女画家还翻大门？只见植物园一位博士才子朝这边走来，我也顾不上自己的狼狈相，冲着博士嚷嚷道：为什么不装个电铃，关门时通知一下？人家背对我，指着远处的晚会横幅，云淡风轻地说：横幅上有个字母写错了。如今想来，人家答非所问是怕我尴尬吧？

拉着小园翻过铁丝网，我回头叮嘱司机：别乱跑，就在这儿等我们。小园补上一句：我们的证件可都在车里面啊！绕过残碑，拐弯就是一条紧贴石壁的陡峭台阶，应该是很久无人走过，茅草淹没了台阶。

六百级石阶几乎垂直而下，海滩呈 C 字形，真是风口浪尖，下到乱石滩上有道窄窄的长堤，尽头的朽木牌上隐约可见"砚矿遗址"字样。

放眼望去，黄昏落日里，惊涛拍岸，卷起千堆雪。山呼海啸，震耳欲聋。想当年人人争着来岛上采石刻砚，殊不知雪浪石是处在浪口悬崖下的山洞里，狂浪终日不休，小船根本无法靠近。"君看一叶舟，出没风波里"，采石是何等的险事！如今，空留下狂浪落日在暮色中咆哮轰鸣……

转身离去，从此小岛无人知晓。

攀上回去的台阶，面朝大海，落日的余晖将海天一分为二，上面橙红，下面铅灰——"人生天地之间，如白驹过隙，忽然而已"。星空下记起庄周之语。

第二天清晨回程，我们看了日出，看了彩色石头砌的房子，乘船来到长岛，赶到海边第一个景点，发现这不正是我们要找的《大校的女儿》拍摄地吗？

我踩着海边的石头来回走了几遍，才发现脚在鹅卵石上确实打滑，我像电视剧男主角一样，滑了好几下，走稳一段长长的路不容易！

2020 年 9 月

父亲的味道

父亲的味道

我的一位好朋友的女儿要结婚了。结婚之前，母亲突然对女儿说，你有没有闻过你男朋友身上的味道？女儿很诧异，妈妈说，味道很重要，喝酒的人身上有一股酒味，抽烟的人身上有烟味，但每个人身上都会有一种与生俱来的味道，既不是酒味，也不是烟味，是他身上独有的味道。说到这，朋友用大拇指指了指身后的老公对女儿说，比如我就很喜欢你爸爸身上的味道。

听了她这话，我突然想起我父亲身上的味道。

我从小是跟着父亲长大的，对他身上的味道，我特别熟悉。我父亲爱喝一点小酒，从不抽烟，他身上偶尔有一丝丝酒味，细得发甜。父亲八十多岁时，爱穿一件蓝白相间的条纹衬衫，只要走近，总觉得他身上发出一种温暖的、阳光般的味道，那味道仿佛是冬日阳光下晒过的被子，晚上盖在身上那种暖暖的太阳的味道。这味道是任何香水大师无法仿制的，是独属于我父亲的味道。

父亲离开我们十多年了，成年后我没有跟父亲生活在一起，许多回忆都是淡淡的，唯独他身上的味道我记忆犹新。

父亲走后，在遗物中我留了一件他常穿的背心——一件米黄色的毛线背心，我把它放在我的衣橱里，每年春秋换季整理衣柜时，总忍不住拿起来捧在胸前，仿佛上面还留有父亲的味道。多少次清理衣橱，把自己吊牌都没摘的新衣送人，但父亲的这件背心，一直整整齐齐地叠放在衣橱的最上面。

我父亲出生在肥西县焦婆镇上，听说以前家里在镇上开有店铺，后来被我爷爷抽大烟败了家，全家迁到乡下的老宅杨槽坊，顾名思义，那个村大约是做酒的。

父亲兄弟三人，童年很不幸，听他说三四岁的时候，奶奶因爷爷常年不在家，在妯娌间受欺负，投井自尽了。父亲小时候在舅舅家长大，舅舅家姓童，也在肥西乡下。

父亲去世时，亲朋好友送了很多花圈，长长的花圈从我们家楼下一直排到单位大门口。听说有一个老太太走来摸着花圈缓缓地说，这个人我认识，他从小穿的鞋都是我母亲做的。老太太很想上楼看看，但被她的女儿劝住了，她女儿说，人都走了，还去做什么呢？

她也许就是我父亲的一个表姐妹，世事无常，是亲人住在一个大院，居然多少年都没有相认的机会。

父亲说，他最感谢我爷爷的，就是从小送他去读了书。我父亲的两个弟弟，也就是我的两个叔叔，好像都没有读过什么书，后来当兵转业在地方工作，跟文化没有多少关系。

父亲读到高中因贫困退学了。抗战时期响应号召，当青年军奔赴前线，但据说没有参加过任何战斗就回了故乡，在家乡镇上小学里当老师。新中国成立前夕，他受几个有进步思想的同学影响，参加了共产党皖北军区文工团，在团里搞舞台美术。新中国成立后，他参加了治淮委员会的工作，也是搞美术，再后来到了安徽省文化厅的一个企业工作。他一辈子搞美术，但是他的名字，除了同时代的几个同事以外，鲜为人知。

我也没怎么看过父亲画画，作为一个画家，常常有人问我，你画画是不是受家庭影响？我说当然是，我父亲就是搞美术的，但是实际上我并没有看过父亲画画。我小时候，政治运动中父亲没法搞创作，等那个时代过去后，父亲却因身体不好，已经无法画画了。

我学美术时父亲是反对的，他觉得做一点实际的事更好，为什么要学美术呢？所幸，我赶上了一个好时代，学了美术，且也算学成了吧。

2001年6月，我在安徽省博物馆举办个人画展"石兰重彩画"，开幕式上，省市领导以及文艺界的代表来了许多，场面挺宏大，父亲在开幕第二天才去，他看到画展很惊讶，没想到我能办成那样水平的个人画展。以前但凡有我作品的画展，我都会带他去看，他每次给我的评价都是：不比别人好，也不比别人差。但那天父亲看着我的画作由衷地高兴，他没想到他的女儿多年后画出了他曾想画的作品。他喊来许多老朋友，这些老人家在我学画的道路上都给过我帮助，当年是父亲的面子在成全着我，今天我用自己的画展来向他们做汇报。父亲笑着对我说：以后在别人嘴里，我就成了你的爸爸。如今我再看当年在画展上我们全家人的合影，父亲的笑容完全是成就了夙愿的宽慰。

父亲性格温和，为人厚道，一辈子与世无争，什么事都顺其自然，用他的话说，以不变应万变。其实，在那个时代，正是他温和厚道的性格才保全了我们全家。他一生经历了很多痛苦艰难，但他把一切都藏在心里。晚年时受病痛折磨，他常说夜里做了噩梦，但早晨天一亮睁开双眼，又是阳光灿烂。

父亲很乐观，他喜欢用唱歌对付病痛，记得他特别喜欢歌曲《水手》，很欣赏里面的歌词，只要身体稍有好转他就会唱歌，跟他的老朋友们在一起，从抗日时期的《渔光曲》一直唱到时尚的《我的中国心》。那代人的真诚情怀是我们这一代人无法拥有的。

父亲搞美术，年轻时罗曼蒂克，他的老朋友陶天月先生说，你爸爸年轻时床单总是洁白的，铺得整整齐齐，床头放着一摞《约翰·克利斯朵夫》。"文革"前我们家的一尊伏尔泰塑像，一尊维纳斯女神像，都被不懂事的我和妹妹砸碎了，从此也彻底埋葬了父亲青年时代那份艺术情怀。

父亲退休后在家里担负起做饭的任务，他做的红烧菜非常好吃，尤其是一道著名的黄鳝糊，他为了烧这道菜会准备几十种材料，忙活两三天才熬出一锅。每年春天做这道菜的时候，他和母亲就把他们当年肥西中学的同学都请来，一起分享。每人也就一小碗，但都吃得津津有味，边吃边聊他们当年的同学之情，好不快活！他们一个老同学的女儿叫玛丽，我们在一起画画，她跟我回忆道：我妈每年到你家去吃黄鳝糊回来都特别高兴，不但要说当天的事，还要说去年今天的事。我们三个女儿，包括我母亲从来没有想过跟父亲学一下怎么做这道菜，那时我们以为会永远有黄鳝糊吃的。

2009 年的秋天，在一个曙光初照的清晨，我从纽约踏上飞往华盛顿的飞机，上飞机前，突然电话铃响了，儿子在电话里跟我说，你有时间往国内家里打个电话。有什么事吗？我问儿子。儿子说，外公走了。

飞机上初升的阳光透过窗口照在我脸上，云海上的朝阳那么绚丽，那么波澜壮阔，可是我却永远失去了这个世界上最亲的亲人。

听妹妹说，父亲去世前几天，他的老朋友们约着一起来看他，大家围在他床边唱他们童年的歌、少年的歌、中年的歌，一直到老年的歌，唱得非常开心。父亲常讲，我特别高兴的是，一辈子有这些老朋友的陪伴。但是，在给他送行的队伍里，唯独没有我和我的儿子这两位他最疼爱的亲人。

父亲走后第十个年头，我母亲也去世了。当年，我们在合肥大蜀山脚下给父母亲买的合葬墓穴。大寒那天，工人师傅把母亲的骨灰盒和父亲的放在一起，我又看见了父亲的照片，他面带笑容，穿着的正是那件蓝白相间的衬衫，恍惚间我又感到了那种阳光的温暖，闻到了那种亲人的味道。

现在想来真的是有这种感觉：亲人间会有一种味道相连，无论在天堂还是在人间！

2021 年 7 月

母亲的家

我母亲九十岁的时候，有一天突发奇想，非要让我们开车带她去无为老家，找她爸爸的故乡——我外祖父的家。

但她讲不出家究竟在无为什么地方，只说姓金，那一大片儿都是姓金的人家。我们就在网络地图上找，找到一个叫石涧的小镇，这里周边全是姓金的家族，或许会有金家的祠堂呢？于是，我们把车开到镇上，寻了一家小饭店坐下来，准备先吃饭再说。母亲不吃，说要先到街上找到她家的老房子再吃饭。我们问她去哪儿找，母亲说：我知道我父亲的名字，也知道我爷爷的名字，我父亲叫金荣甫，我爷爷叫金××，你们去问，认识他老人家的人肯定就知道我们家在哪儿，我们家老房子在哪儿。

我们姐妹几个一听就笑起来：妈，你老糊涂了吧？这会有认识你爷爷的那他肯定不是人，是神！那可是一百五十年前的事儿了！您老人家都九十多岁了，你想还有谁能认识你爷爷？小饭店的老板娘听了也哈哈大笑，拍着长板凳说：你们先在这吃午饭吧，吃饱饭再找。我们跟母亲说：对呀，先吃饭吧，你就当一百五十年前你爷爷在这条街上打过酱油，不就行了吗？

我母亲有几分失望，但那顿饭她吃得很香。回去的路上，油菜花开得金灿灿的，老人家从车上下来，在路边田埂上拍了好几张春风满面的照片，仿佛真的回到老家，看到了亲人那般高兴。

我母亲很少提起她的父亲，偶尔说到，也只说他年轻时候曾经给合肥县县长当过秘书，穿身浅色的中山装，上衣口袋别着一支派克钢笔，特别精神。

我们隐约听姨妈讲外公当年是燕京大学法律系的学生，某个暑假回家和我外婆结婚，婚后就没有再回北京上学了。后来在汉阳兵工厂做过事，又在南京做过法律工作，新中国成立后没多少年就去世了。

我外公的父亲，也就是我的太外公，是无为人，很小时，只身夹把雨伞出去打工，凭着头脑聪明吃苦耐劳，做到李鸿章的管家。年轻时他曾随李鸿章在天津待了多年，回合肥后，在城隍庙后街建了金家的老宅子。

金家老宅前后九进，一百多间房，大门在淮河路西头，斜对着段祺瑞的段家祠堂。新中国成立后，霍邱路上省民政厅的办公楼和宿舍那块地就是金家老宅的原址。我母亲很少提起这些，有一年舅舅从国外回来探亲，去转了转，回来说，只有半间当年的老房子了。

我们小时候，省文史馆馆员曹步萧到家里聊天，他笑嘻嘻地跟我们讲太外公的故事。

我外婆名叫刘文江，是淮军将领刘铭传的后代，出生在六安椿树岗。她从小生得伶俐漂亮，和刘铭传的嫡系长孙，壮肃公刘肃曾一起在刘老圩长大，结婚时，花轿就是从刘老圩抬出去的。

当年淮军将领之间的小辈联姻是常事，我的太外公是李鸿章的管家，自己文化不高，但很有见识，把儿子送到北大读书，娶刘铭传家门女儿为妻，可谓门当户对。

外公外婆在合肥金家老宅结婚，婚后生了四女一子，我母亲金继宣是大姐，三个姨，舅舅最小。我舅舅十几岁参军当空军，外婆享受军属待遇直至去世。

我母亲从小生活在合肥，抗战时期随全家跑反到外婆娘家肥西刘老圩，在刘老圩度过了她的青少年时期。父亲母亲是在肥西中学读书时的同班同学，他们是新中国成立后才结婚的。

新中国成立前夕，母亲参加工作做会计师，因为学生出身有文化，新中国成立后，母亲被选派去苏联留学，已经在北京集训俄语了，后因为中苏关系的变化没有去成。但她的俄文基础足以让她流利地朗读普希金的诗，还会用俄语唱很多苏联民歌，我们长大后才知道那些歌词的中文意思。

母亲因为从小家境好，大小姐的范儿一直拿捏到老，九十多岁时和我们拌嘴，动不动还说她小时候在外婆家任性的事。她和老刘家的亲戚走得很近，对前辈刘铭传的事特别骄傲。2011年刘铭传墓园在肥西大潜山建成，已经八十五岁的她爬上高高的山，去祭奠她的先辈。有年春天我们领她去巢湖边游玩，她老人家指着淮军纪念馆告诉我们，这原是刘铭传建的刘家忠烈祠，纪念战斗英雄刘盛休的。刘盛休是刘铭传的侄子，一辈子跟刘铭传南北征战，英勇无比，深得刘铭传的信任，我外婆的父亲就是刘盛休这一支的后代。

前几年，我开会时遇到肥西县民俗专家马琪老师，他说今年新修订的刘氏宗谱中，在文字辈上增加了两个人，是由刘家文字辈媳妇——张远帆老人提供的。这两人当中有一个就是我外婆的父亲，可惜外婆早已去世，我母亲也不清楚究竟哪一位是她的外祖父，因为这里面有一段很离奇的故事。

传说年轻的刘盛休有次打了个大胜仗，战斗结束打扫战场时，无意中听到一阵婴儿的啼哭声，循声望去，只见战场边有个襁褓，打开襁褓一看，是个男孩，男孩的哭声很响亮，刘盛休于心不忍，就抱起这个孩子带回了刘老圩。他把这事向刘铭传汇报，刘铭传一听很高兴，说：留下留下，当儿子养。刘盛休当时还没成家，但也立马给他按辈分起了名字，并且给了封地：六安椿树岗。从此，他就是刘盛休名下的儿子，而这个婴儿正是我外婆的父亲。

当我把这个故事告诉我儿子时，儿子笑道：那这里面就有故事了，不知道你外婆家真正的血统是哪儿的呢？因为老祖宗是在战场上捡来的婴儿，战场上能带婴儿的人可能是敌方将领，不会是普通士兵，那敌方将领究竟是何方人氏就不得而知了。还有种可能是战争发生地居民的婴儿，那就得去找历史上刘盛休曾经在哪打过仗，在哪场战役捡的婴儿，这可是大海捞针的难题，是个不解之谜。

我母亲辈只有舅舅一个男孩，舅舅十几岁离家当兵，后来转业到北大荒，在军垦农场待了几十年，直到改革开放，他的一双儿女出国留学，全家人移民去了加拿大。他特别念旧，满世界去找我们家亲戚，哪怕有拐十八道弯的亲戚关系，他都去结交。有一年，我们一家在美国旅行，去西雅图的路上，舅舅给我打电话，说在波特兰有我们一个远房表舅，让我一定要去认亲。他说与我们家有亲戚关系的在海外有好几个博士，我儿子去美国读书时，他高兴地说，又增加了一个海外博士。

我母亲活到九十四岁去世的，她去世三天后，正赶上大寒节气，是可以入土的时间，我两个妹妹把她的衣物用品一道点燃，给她带去。我看着熊熊燃烧的火焰，发现母亲的几本塑料皮日记本没有立刻被点燃，忍不住抢了下来。我想，等有时间的时候，要把这些东西整理一下，说不定是很好的史料呢！我把日记本用袋子装好，放在家里的晒台上，还未来得及清理，很蹊跷，在短短的两三个月中，家里发生了几件很诡异的事，我虽然坚决不迷信，但至今也无法解释清楚。

记得曾读过一篇日本故事，说有一对老夫妻八九十岁了，老太太病入膏肓住进医院，下了病危通知书后，老太太执意要回家。老先生就说，你不能走，离开医院会有生命危险，老太太不听劝，坚持要回家。原来，她要回去烧毁年轻时的日记和书信，老两口一辈子非常恩爱，但老太太年轻时曾经有过一段婚外情。

那篇文章告诉人们，在生前要把自己个人的事处理好，不要给后代留下麻烦。我最敬重的二姨去世时，我代表妹收好二姨的日记本、相册，交给她。多年后表妹告诉我，其实姨妈的日记本里全部是抄录的古代诗词，没有留下一句她自己的话。相册里除了几张全家合影，竟没有一张她个人的照片。我想，我母亲和二姨是不是都一样，不想把她们心里的秘密告诉我们，不想给后代留下麻烦，包括那无从寻觅的祖籍呢？

我很小时母亲就离开家数年，少年时我下乡，再后来我成家，一辈子跟母亲在一起的时间并不多，但回想起来，在我人生的重要关口，都是她给我勇气和力量，鼓励我去奋斗，去与命运抗争。

如今母亲不在了，我的家又在哪里呢？

2021 年 8 月

柯　　叔

春日的傍晚，我在安庆师范大学老校区门口，繁华的菱湖南路等人。夕阳向西边沉沉落下，街上车水马龙，车灯闪烁着，天空暗下来，但又没有黑透，透着一片深蓝。

安庆师大的老校区有许多民国时期的建筑，暮色中隐约可见学校的大门楼上镌刻着小小的"国立安徽大学"的字样。

门楼下，我翘首等待着一位老人，说是老人可能有点不忍，但按年龄算，他如今应该有八十岁了。

我等的是作家柯文辉先生。

柯文辉先生是我父亲的老朋友，他年轻时长着浓密的大胡子，个子很高，脑袋圆圆的，走起路来两只手摆动的幅度特别大，见到孩子们总是满脸微笑。柯叔口才特好，会讲故事，只要他来，我们一群孩子就围着他，听他讲故事，我们都喊他大胡子叔叔。

柯文辉先生是安徽走向全国的名作家之一。他出书时的作者介绍是：中国艺术研究院话剧研究所研究员，艺术评论家。20世纪八九十年代，中央电视台有个栏目叫《老柯谈艺术》，那时经常能在电视屏幕上看到他的身影。

那时候柯叔来我们家，总是风尘仆仆地从安农大凤阳分校赶来。有年冬天，他进门摘掉头上的帽子，高兴地对我父母亲说，我要去上海啦，我被借调到上海帮刘海粟大师整理文稿写书。那是个百废待兴的时期，朋友们都为他高兴。

两年后柯叔回合肥探亲，正好单位派我去上海出差，走时柯叔高兴地说，跟我一道吧，我带你到海老家看看书。

我随柯叔去了刘海粟位于淮海中路的寓所，他领我从一个窄窄的后门进入一间书房。房间不是很大，四壁都是书橱，书橱里满是羊皮封面的精装书，柯叔就在这间屋子里写作、生活。那时我年轻，知识有限，无法完全领略海老的艺术，柯叔翻出厚厚的几本他写海老的书给我看。

从海老家出来，淮海中路的林荫道刚经过一场暴风雨的洗礼，路面上斑斓的梧桐叶犹如在湿地上起伏挣扎的蝴蝶，在风中扇动着翅膀。路边的房子里透出幽暗的灯光。仲夏夜的梧桐道上，摇曳的路灯将我的影子拉得很长。忽然，不知从哪儿传来一阵音乐，我立住脚站那儿不动，仔细地听，是沙宝亮唱的《暗香》，空无一人的夜晚，那音乐是如此动人心弦，让我至今难忘。

过了几年，我在北京读书时常去看住在和平里的柯叔，那时的柯叔在京城算是很有知名度的大学者了。他身着大红毛衣，光脚跟着老棉鞋坐在转椅上，硕大饱满的脑袋，淳朴无华的语言，以及那永远不变的孩子般的朗朗笑声，遮不住他特有的哲人气质。

一次，他家里来了五六个不同地方、不同职业的客人，他坐在大转椅上，手里翻着一本老朋友送来的新作，时而去接电话，时而起身倒茶，同时分别跟几个人谈话，衔接的内容一点不出错。我在一旁想，他手上那本书一定是做样子的。当晚他把书给我带回去看，谁料，我去还书时谈到书里的某一章节，他竟然准确地说出内容及看法，那惊人的记忆力、敏捷的思维是多少年轻人都望尘莫及的！

柯叔在生活上保留了贫困年代的习惯，没有任何奢求。他说我不抽烟、不喝酒、不讲究吃穿，没任何多余花费，可孩子们还不满意。我问为啥，他笑，嫌家里来的客人太多。不过也是，他手向外一指笑道，夏天有时客人打地铺从我的书房穿过走廊客厅，一直睡到女儿的房门前。

柯叔离开安徽十几年，老朋友只要去北京找他，他都是有求必应，尽力帮助，留食留宿更是起码的事了。他说，如果我不顾过去的老朋友，他们就会讲我变了。这是老头最不想看到的事。现在他的儿子女儿出国出嫁，家里只剩下他一个人，留客人时便有了"男生宿舍""女生宿舍"之分。

小时候，柯叔是我们有学问又会讲故事的"大胡子叔叔"。青年时在我初恋失败最痛苦的时候，他这个自称"十分软弱的人"挺身而出，保护我不受伤害，北漂的苦日子里，柯叔是鼓励我坚持下去的精神支柱。夏天傍晚的漫步，冬日灯下的畅谈，我开始了解他的悲喜哀乐，他的人生之旅，体会到他说的那种人到老了必然在孤独中离去的安详、平静与坦荡。

一别十几年，我们重逢在安庆师大校园敬敷书院的草坪前，谈笑中，柯叔还是那么敏捷、宽厚，充满魅力，唯有那把银色的大胡子在灯光映照下闪着一片银辉，让人感到岁月沧桑人生苦海侵蚀的痕迹。

2013 年 4 月

许 大 夫

　　我父亲七十岁时眼睛突然失明，求医找到著名眼科大夫章健主任，章主任说我父亲的失明可能是身体上其他毛病引起的，就给我们介绍了一个专治疑难杂症的许申大夫。我生怕求不到许大夫看病，就坚持请章主任给我们写个条子，好拿着条子去找许大夫。

　　我们去时，省肺科医院的走廊里坐满了病人，大家都喊他许主任，我和父亲老老实实等在最后，让他先看别的病人。有个病人很紧张，拿着片子问许主任：我的病灶怎么变大了？许主任说：这两张片子是在同一个医院拍的吗？不是的话就不能断定你的病灶是大了还是小了。建议他在同一个机器再拍一次来比较。我觉得这个大夫的思维很有意思。

　　等病人走完了，我将章主任写的条子迟疑地递上去，许主任伏在桌上写病历，头也不抬地问：是章主任自己写的还是你请她写的？我在一旁不敢吱声。他写完病历抬起头来：下次不用费事啦，她是我妈妈。没想到他是章主任的儿子，当时我狼狈极了。

　　有过那次尴尬后，再陪父亲去看病时我更加小心了。他父母都是名医，而他自己则中西医都会，治疑难杂症什么的他是高手。许主任给我父亲开的是中药，要经常换方子，赶上周末就直接去他家换。一天我去拿药，他问：吃饭了吗？我说：没有。他笑着说：今天有老外请我到安徽饭店吃饭，反正一个人吃也是吃，多一个人也是吃，你跟我一起去混饭吧。

　　到饭店时，请客的老外还没来，我们便坐在大堂里等，认识了这么长时间，他好像第一次抬眼正式看我：你是做什么的？我怯生生地回答：画画的。他看我一眼，有点不相信，我说：这个饭店的樱花厅有我的一张画，您有兴趣去看看吗？樱花厅当时是省政府接待外宾的地方，我胸有成竹地找服务员开了门。大厅里金碧辉煌，正面墙上挂着我的重彩工笔长卷作品《樱花图》，这是我一年前专为樱花厅创作的。画面上盛开的樱花在春风里舞动，一群燕子穿行于花丛中。画面宽4米，高2米，大气端庄，气象万千。果然，许主任看着画感到很意外，我这才有了几分底气，从此他便高看我一眼，见朋友就吹我的画，当然这是后来的事了。

　　从此我们除了看病，还常一起聊聊画的事，他家从父辈就喜欢收藏字画，这方面他对自己的眼光很是自信。

　　有一天，他突然很严肃地问我：你的画以后打算卖多少钱一张？我摇摇头，真没想过。如果你想一辈子都卖几百块钱一张画，那就乖乖地在这待着吧，如果你想做个真正的画家，那就必须去北京学习，去见世面，我就是在北京进修过几次才有现在的成绩的。他说这话的时候，脸上透着一股得意劲儿。

　　1995年，我下决心要去北京进修学习。几经周折，终于在这年的7月接到中央美院的录取通知书，接下来是借钱、安排孩子、辞职，一堆让我精神崩溃的事。8月底，终于可以收拾去北京的行李了。

　　我的行李很简单，换洗衣服加上书都码在一个纸箱里。许主任过来送我，见到码好的纸箱，他哇的一声叫起来：你就带这个去？那是集体环境，所有的东西都应该锁在一个牢固的大箱子里！我何尝不知道呢？可家里孩子小，老公工资低，父母身体不好，自己能走出去已很知足了，生活上再无所求。他看出我的窘境：走！带你去一个地方。他把我拽上他的摩托车冲到百货大楼，挑了个大箱子买下。到家门口他塞给我一个信封：这点钱你留着，穷家富路，带到北京用吧。我眼睛湿湿的，什么话也讲不出来。我们家姐妹三个，没有男孩，面对这个高大男人的壮举，一种被保护的感觉油然而生。我在北京学习的第二年，许主任来京开会，打电话说要到学校来看我。他喜欢搞点书画收藏，自认为懂行，好在画画人面前说话大大咧咧的，进教室前我就警告他：不要乱点评同学们的画，我们班好多同学是各地美术界重量级人物。我说这话是怕他在同学们的作品前指指点点，怕他出丑。谁知没看几张画，他就忍不住对着墙上的画指点起来。我朝他眨眼，他挥手朝同学们哈哈笑：我请你们大家去吃饭。大家有点诧异，他说的这个"你们"是指一部分同学呢还是所有人？他嚷嚷道：都去！都去！画室二十多人呢，我小声嘀咕：所有人？那你得请多少桌啊？他回头朝我哈哈笑：没关系，我已经找好了一个地方，是自助餐。同学们都拥着他往外跑，那天我们在北京西单最繁华的地方大嚼了一餐，花了他不少钱。饭后我埋怨他花钱太多，他教导我：当然要叫上所有人啦，他们都会回请你的，到时他们二十多人回请你，你就有二十几顿饭可以蹭啦。我虽然埋怨他，但心里一片温暖。

在北京最困难的时候，我曾经口袋里只有五块钱，别说吃饭，就连打个电话回家都成问题。春节放假没钱买车票回家，无奈之下给他写信，他很快回了电报："寄去400元，270元买卧铺票，130元买吃的。"我那时笨得像个傻子，今天写到这我都奇怪，他帮我那么多，但我丝毫没感到不好意思，好像他就是我亲大哥一样，我理所当然地接受了这一切。春去秋来，许主任给我父亲治眼睛已好几年了，忽然有一天，父亲对着窗户居然能蒙蒙眬眬看见东西了，他睁大眼睛看着许主任，吃惊地转身问我：这个许主任原来长得这么高大啊，你怎么从没给我讲过呢？我的确从未描述过他的外在形象，也许，他多年的帮助，早已让我超越了从外表去感受一个男人的宽厚。

2005年5月

杨光素老师

当年在美院读高研班时，郭怡琮先生要求我们每个同学选几个画家做案例分析，我和同班一个女生不约而同选了林风眠，撞车了，我找她讨论怎么办，她说没事，你讲正面，我讲背面，合起来才完整。

杨光素老师的故事也应该合起来讲才完整。

杨老师出国前是安徽艺术学院的油画教授，我曾在艺校读过书，但她并没教过我。尽管如此，我们还是很熟悉，因为年轻时我跟名画家戴维祥先生学过画，而杨老师就住戴老师隔壁，我常去她家玩，与她有一点忘年交的缘分。

当年杨老师在安徽美术界名气很大，并不是画让她出名（当然她的画也很不错），而是个性让她出了大名。她追求美，追得有点出格。有一回我和她走在一起，她指着我穿的蓝布裙说，你24岁穿得像42岁，我42岁穿得像24岁……她那天穿的是蕾丝边连衣裙，确实很美。

她有很多生活小段子在艺术圈内流传，比如，她把炖好的鸡汤端上桌，鸡肫里居然还包着粪；而她在家脱裙子也与众不同，她不脱而是让它自动落下，然后身子从圈圈里跳出来；她生炉子却扇炉子背面……诸如此类的笑话很多，大家都笑她生活上的马虎，但她给我的印象是一位真正的艺术家！有次我去玩，遇到她在整理零乱的屋子，我赶紧帮她把杂物东塞西塞，一会儿家里就显得宽敞整洁了。她很认真地对我说：别人都说生活难，生活有什么难的？我一下就解决了，真正难的是艺术！要画出一张好画才是最难的！

1982年，五十多岁的杨老师为了追求艺术、追寻爱情，丢掉艺术学院教师的铁饭碗，离家别子，远渡重洋去巴黎定居，这消息在安徽美术圈轰动一时。

杨老师是四川人，早年毕业于国立艺专油画专业，结婚后来到安徽工作。杨老师一生有四段婚姻，第一位先生是安徽师范大学美术系的恽振霖老师，恽老师是清代名画家恽南田的后代；第二位先生是合肥工业大学的工科教授；第三位先生是合肥市歌舞团的作曲家沈执先生；最后一位先生是法国巴黎一位华裔博物馆馆长，杨老师就是为了他远赴法国的，据说当年他们俩能赴法定居还有一段美丽的故事。

20世纪80年代初，省艺校的陆敏荪老师将杨老师介绍跟博物馆馆长认识，他们很快坠入爱河，谈起了异地恋。改革开放初期，法国签证很难办，杨老师边学外语边等签证，很久都没消息。一天，突然接到法国使馆通知，她可以去巴黎了，说时任法国总统密特朗特批了她的签证。原来那位博物馆馆长在街上不幸被车撞了，而撞他的正是密特朗总统的车队，总统秘书去医院看望他，问他有什么需要帮助的，他说我在中国的恋人不得见面，密特朗得知后马上特批了签证，法国人的爱情至上观可见一斑。

二三十年过去，杨老师回到合肥与儿孙团聚，作家石楠老师从安庆打来电话告知此事，并托我代她去看望杨老师，我当然很乐意，很想看看多年未见的杨老师是什么模样。我在鲜花店挑上一大把富有浪漫情调的泰国洋兰，又在这片紫罗兰调子里插上几枝洁白优雅的百合花，带去看望杨老师。

我在她儿子恽浩家里见到阔别三十年的杨老师，她身着黑色的绣花毛衣，胸前挂着一串长长的珍珠项链，浅驼色的毛外套下配着异国情调的长裙，大红软底羊皮鞋，头戴一顶罩着纱网的古典女帽，依然是一副浪漫的艺术家情调。

我和杨老师聊起她当年去法国的勇气：年龄大、不懂法文、没有收入，只身在巴黎怎么坚持的？

她将自己在巴黎的生活娓娓道来：开头几年反复地参观博物馆，在卢浮宫一遍遍地临摹大师的作品，柯罗、瓦格纳、大卫、雷诺阿、马奈、莫奈，徜徉在不同风格的大师间，将学来的东西汇入自己的艺术创作中。二十多年间，她完成了一百多幅作品，多次荣获法国国际大展的奖项。《少女闻花》获国际艺术大师一等奖，《静物和鲜花》获1995年法国因特艺术大展赛金奖，《科赛特》获法国国际艺术大展赛贵族艺术优秀奖，《舞蹈家朱红》获法国国际艺术大师古典绘画金奖，共获奖项二十多次。说到这些，她骄傲地抬起头来说：我没有半点后悔，在法兰西这块艺术的沃土上，有那么多艺术大师立在你面前，有那么多经典原作可供学习临摹，作为一个油画家，我是最幸福的！

在法兰西艺术圣殿上，一位华人女画家受到西方画坛的赞赏与肯定，是非常不易的。1997年冬，作家石楠专程到巴黎采访她，创作并出版了三十五万字的《海魂——杨光素传》，在国内外引起关注。

这些年杨老师在蒙马特广场以为游客画像为生，她说自己的生活再苦也不舍得卖参展的作品，她会把这些画价定得高高的，谁要是掏这么多钱买，就一定会善待这些画。她把在露天广场为游客画像当作幸福，让她感动的是在为游客画好一幅他们满意的画作时，他们会抢着来和自己握手。杨老师说自己满手的油彩不好意思，他们说没关系，并夸赞她有风度有气质，"是个有点老的年轻画家"，说到这，杨老师还特意笑着补上一句，"并且是背后看的"。她不仅为普通人画像，还先后为法国前总统密特朗、希拉克夫妇、美国前总统里根夫妇画过肖像。

杨老师到巴黎不久，那位博物馆馆长就去世了，孤身一人创作压力

167

大且不说，生活琐事让她吃尽了苦头，她说创作时因为太专注有时一天也喝不上开水，吃烧煳的饭更是常事。生活虽简单，但她对美的追求从未停止过，她说：我喜欢漂亮的衣服，每天出门画画，哪怕时间再紧张我也要抽出几分钟来化妆，把自己打扮得美丽也是对别人的尊重。她打开相册翻看一幅幅照片，每张服饰都别有韵味，她说：这都是我每次获奖去领奖的路上拍的，获奖的日子是我最快乐的时光。

杨老师在国内时曾先后执教于安徽师范大学、安徽艺术学院，安徽许多画家都是她的学生，用她自己的话说：前半生是为人民服务，后半生才开始真正意义上的艺术创作，我非常珍惜。

2007年秋天，我在巴黎国际艺术城做访问学者，特地去蒙马特广场看望杨老师，结果听说她已经回国了。认识她的画家告诉我：她很不容易，在法国没有亲人，腿脚也不好，夏天早晨6点半就要起床，赶来给游客画像，以此维持生活，但她非常坚强乐观，我们都敬重她，称她"姐姐"……我后来看了杭州电视台在蒙马特广场给杨老师拍的专题片，有个镜头我印象深刻，片中她从咖啡厅里端出咖啡请记者，一边笑着要他们把自己不美的镜头剪掉，一边低头自语：唉，咖啡买出来喝便宜，在里面喝太贵了……她就是这样的人，一辈子只有艺术，为此可以放弃一切物质享受。

杨老师七十多岁实在无法独自面对生活时，才从法国回到合肥与儿子相聚，但她儿子也有残疾，她买了套小房子独居，晚年生活乏人照顾，疾病缠身，学生们积极为她筹办画展，可她一张画也舍不得卖，宁愿忍受病痛的折磨。

她是在2011年初一个阴冷的冬日去世的，享年八十一岁。出殡那天，省里美术界去送她最后一程的只有我们几个人。我至今记得那天的天空阴霾密布，鲍加先生却西装革履穿得很正式，他代表省美协领导来送他的老朋友。我和时任省美协副主席的杨国新算是杨老师早年在省艺校的学生。这么冷清的告别仪式在美术圈是少见的，不过对于杨光素先生来说，她已经习惯了寂寞。她是一位真正的艺术家，是一位艺术至上的理想主义者。

走出告别厅，广场上松柏枝头的鸟扑扇着翅膀冲向深灰的天空，一如油画笔画出的云彩飘在空中，我想着杨老师为艺术奉献的一生：孤独算什么？病痛算什么？贫困算什么？漂洋过海又算什么？如果你听到杨光素老师说的：在法兰西这块艺术的沃土上，有那么多艺术大师立在你面前，有那么多经典原作可供学习临摹，作为一个油画家，我是最幸福的！你会为她一生的追求感到欣慰！

2012 年 11 月

比我年少的兄长

虞浩东是我在艺术圈之外少有的挚友。他为人随和，朋友们都习惯直呼他浩东。

浩东高高的个子，挺壮实的，典型的国字脸上两道向上扬起的眉毛格外精神，他眉宇间英气逼人，脸上却总洋溢着长兄般的亲切笑容。

浩东是从事房地产评估行业的，我们相识在致公党省委的一次活动上，见过几次面，但对他印象不深，感觉他和艺术不太搭界吧。

但通过一件事，我对他产生了敬意。

因为亲戚间的房产纠纷，我去向他请教，在咨询过程中发现他很正直，并没有因为我是他的朋友就运用专业知识给我们支偏招儿，反而更是客观诚恳地解释指导，很有正义感。

我们认识时我刚从北京学习回来，安徽的绘画界、收藏界我都不熟悉，几乎没有什么朋友。2004年春，有家拍卖公司要做一场我的作品拍卖会，初次尝试，不知效果怎样，我心里很忐忑。拍卖会第二天，画廊老板来电话，说要找一位买了我画的我的朋友，他说：外地的一位藏家看上我的一幅作品，而这幅画已在拍卖会上被自称我朋友的人举牌买去了，老板让我问他肯不肯转让。我当时不知道这事是谁做的，一打听，才知道是浩东，浩东二话没说就让出了这幅画。后来他说自己其实很喜欢那张画，但为了帮我忍痛割爱。

这种对朋友不露声色的相助让我感到非常温暖。

浩东公司做得挺大，工作也忙，但我们几个画画的朋友不管有什么事，他总是有求必应，随时能放下手头上的工作去做义工。2005年致公党省委筹备成立画院，大家常在他公司聚会，于是从通知开会，提供会议场所，到订工作餐，甚至连起草、打印文件也都在他公司。君子举德不图报，他笑言自己只是帮忙的。

浩东秉性宽厚正直，做事稳重成熟，我敬重他的为人，也很珍惜我们的友情，虽平时少见面，但不管去哪写生我总会告诉他。他很是羡慕：等我退休了，跟你们一起去。那年我在云南待了两个月，他问我何时回来，我道：君问归期未有期，罗梭江畔醉花人。

春去春来，今年四月我们又去皖南写生，给他打电话，得知他病了住在医院，我说回来就去看你，他连连说不用，我说，等三潭枇杷熟了，带枇杷去看你，他高兴地笑了。

4月25日上午我跟儿子通长途电话两小时，挂了电话才发现手机上一排未读信息在闪烁，点开第一条：浩东走了。后面所有的内容都一样。

谁能想到，昨天的笑声还在，今天我们就永远地失去他了?!

我不知道自己该做些什么，恍惚中去花店订花篮，捧着缀满菊花的花篮在熙熙攘攘的大街上茫然四顾，眼前一片空白不知该走向哪里。

人生的不同阶段会有不同的朋友，浩东是我人生途中最困惑孤寂时遇到的。他务实而又诚恳的品性让人无比信任，每当我遇到纠结的事时，跟他说说，心里就会像天空一样清净明亮。

他品质中的正直与纯粹感染着你，宽厚和善良像座山护着你，我非常庆幸人生中能遇到这样的朋友，他是比我年轻而我却视他为兄长的人。

今天，那个比我年少的兄长走了！

2011年7月

西北上空的一颗星

——纪念同学高共伟

在九曲黄河的上游
在西去列车的窗口
是大西北一个平静的夏夜
是高原上月在中天的时候

——贺敬之

不知为什么，每当想到高共伟同学，我就记起了这首年轻时熟读的诗句。此刻，我仿佛伫立在西藏高原的星空下，听见远处隐隐传来藏族歌舞《洗衣歌》的乐声，看见高共伟同学穿着军装，年轻得亦如他微信头像照片上的样子，神采奕奕地向我们走来，与我们擦肩而过，又匆匆远去，远到他的背影消失在深秋的苍穹里……

曾经那么熟悉的老同学高共伟走了，他从此离开我们，走向了一条不能返程的天路。

2017年9月的一个深夜，临睡前，我习惯地在手机上点开微信，看到高共伟同学的头像边亮着红灯，心想，很久没听到他的声音了，一定是前几天我发的文章他看了有话要说，点开一看："阿姨你好，我父亲高共伟于6月份已经去世，谢谢你平时的关心，祝身体健康！"

我吓了一跳："你是高共伟的女儿？怎么这么久才告诉我们？"

"我父亲遗愿一切从简，没告诉远方的同学。"

"他现在在哪儿？"突如其来的消息让我不知所云，"我去四川写生时能代同学们给他扫扫墓吗？"

"没有下葬，他遗愿海葬，准备明年将骨灰撒入大海，他想跟着洋流到处去转转！"他女儿说，"心里怀念吧，记住他最好的时候的样子！"

记住他最好的时候的样子——有关高共伟的记忆一幕幕浮现眼前，让我再也无法入眠。我和高共伟是合肥九中的初中同学，我们同班，当时他坐在我的前排，我们同学时间只有一年多，他却是我看男生后脑勺最久的一位，他脑后头发中长了三个旋，民间传说三个旋的孩子是最聪明的，同学们就给他起了个绰号叫"三旋"。那个年代同学之间有男女界限，我好像从未和他说过话，那年七月份拍完毕业合影，大家便各奔东西，连句告别的话都没有，毕竟都才十五六岁，年纪太小了。

毕业后我下乡插队，当工人，求学，北漂，东奔西跑和同学少有联系，与高共伟更是三十年没见面了。初中的记忆像被格式化的电脑一般，唯有班长马建徽还拢着全班同学，偶尔跟我联络。

2000年春节前夕，马班长来电话说：高共伟从成都回来了，他在部队工作，请同学们聚聚，点名要你参加。我当时的生活还是在路上的状态，第二天要赶去深圳，就婉拒了。老马不放弃，坚定地说：我让他联系你吧！

高同学来电话了：你走前我们见见吧，以前回来探亲不少同学都见到了，唯独没有你。我正收拾出差的行装，就说：那你来我画室吧。又一想，三十年没见会不会接他时不认识了？他略加思索说：我穿军装。放下电话，我想，满大街穿军装的人多呢，我还不是不认识？下楼站在小区的路旁心里还有点忐忑，直到见他一身戎装从车里走出来，才看清此军装

173

非彼军装，他肩章上二杠四星，大校军衔，高共伟给咱们班挣足了面子。

三十年的人生经历我们聊了一下午。

一聊才知道人家20世纪80年代初就已读完硕士，完成了我后来用几十年才走完的学习之路。他聊在西藏的当兵生涯，聊他曾经的失败恋情，我边收拾行李边打量眼前这位英姿勃发的大校军官。三十年来，虽然我们的经历迥然不同，但这代人对理想的追求，对时代价值观的理解是共通的。

聊起同学时的往事，我没跟他说，其实毕业后同学中从未谋面偶尔想起的只有他，那是因为两次考试。

上学时我功课不错，但就怕数学，虽然"文革"时期不重视文化课，但我们中学时赶上"复课闹革命"，考试常有。高共伟很聪明，数学尤其好。有次数学考试，我试卷刚做到一半，前桌的他已做完了，他感觉良好，侧身把考卷摊在桌上，有意无意地往下拉，我偷看几眼飞快抄写着，监考老师走过来猛敲桌子，他悻悻站起身背上书包交卷走人了。我正着急，只见他跑到教室对面的楼洞，在白纸上大大写好几个数字举起来，一脸坏笑地向我们这边晃，原来他是在帮同桌的张学英，但也让我好好借了一次光。

还有一次我们政治考试，那个年代政治课成绩不是你的考试成绩，而是由大家评议定的。小组同学围坐在一起开评议会，我成绩考得很好，但有同学说我政治表现一般，只能给及格分，当时高共伟站起来说，人家考了多少分就应该给多少分，又不是评先进！他的话让我心里充满了感激，我强忍着委屈的泪水，始终没敢抬起头，只盯着对面他穿的一条泛白的旧军裤。

三十年过去了，这段记忆如同画在宣纸上的水墨花，清晰而历久弥新。几年后春节同学聚会，再见高共伟同学时，他已是少将军衔了。那晚从张瑾同学家吃饭出来，我俩走在前面，我祝贺他荣升将军，他站住挺深沉地对我说：你的职业好，搞艺术可以一辈子向上攀登，越往上越辉煌。我们的职业是一生奋力攀登，到顶峰时就是断崖式跌落。他用拿着香烟的手指了指满天繁星的夜空说，人生有很多事是挺无奈的。黑暗中我看不清他的脸，抬头只见满天繁星的夜幕上，西北方有颗特别闪亮的星。

最后一次见到高共伟，是和马班长等几人小聚。那天他兴致很好，包厢暖和，他脱了风衣，穿件深色的羊毛衫谈笑风生。他说回合肥的感觉真好，早晨陪着老父亲在包河边走走，不像在成都大院里散步，到哪都要穿军装敬礼，从小在包河边长大，还是这儿亲。我见他虽然清瘦，但人很挺拔，身上有股军人特有的英气。

去年他退休了，同学们把他拉进了我们班的朋友圈，这下好了，他天天在里面写年轻时当兵的回忆录，掀起了大家都去笑谈往事的开心高潮。他文采飞扬而不失大将风度，语言诙谐而不失原则态度……昨夜，张世华同学贴出高共伟的所有文章，可再也贴不出他的音容笑貌了。高共伟同学于1971年去西藏当兵，个小体薄，当电话兵要爬到高高的电线杆上架电线，高原的风雪几次把他像片树叶吹到地上。那时的西藏艰苦到什么程度是我们难以想象的，而他经历过怎样的苦难，他和我们在一起时从未说过，也就是时过境迁后我们看到他用乐观笔调写下的回忆故事《那曲》《羊八井兵站》《我在拉萨下馆子》，字里行间充满那个时代军人面对艰苦的乐观、真诚和坚强。

他曾在悼念战友的文章中写道：我们这代人虽不像我们的父辈那样轰轰烈烈，但也为共和国奉献、捐躯。战友啊，你死在长江源头，你的灵魂将随着长江水流经祖国大地，他也一定会回到你的故乡，回到你亲人的身旁。

如今，他去世时留下的遗言是海葬，他想跟着洋流到处转转，他的灵魂也一定会流经故乡，流经我们一起读书的地方！

高共伟，让我们这些老同学的怀念也与你同行吧！

2017 年 9 月初稿

2019 年 4 月修改

秋日思绪

秋日思绪

——创作随笔

　　1997 年 10 月，我在中国美术馆举办了题为"秋日思绪"的工笔画展，展出的作品是近两年在中央美术学院中国画系学习期间创作的。其中《生命之源》《金秋》，与同学合作的《沧桑祭》《花墙》等作品先后入选全国大展，编入国家级的大型画册。《沧桑祭》已为博物馆收藏。同时展出的《荷花》系列、《白孔雀》系列在艺术品位及表现手法上也得到美院老师和美术界前辈的首肯。

　　回顾近两年的艺术经历，由衷感谢老师的教诲、同学的帮助。尤其是郭怡孮、田黎明、胡明哲、何家英老师的创作思想、绘画作品，给了我巨大的影响，大大拓宽了我的艺术视野，启迪了我的创作思考，使我在艺术上产生了与以往完全不同的新感觉。

　　中国画千百年来逐步发展到今天已有一个相对稳定的程式，山水画最能体现中国人皈依自然、天人合一、大道如水的哲学思想，以花鸟为主题的作品似乎境界和内涵都弱了些。今天这个时代与中国历史几千年演变发展的秩序、速度已大不相同了。改革开放中的中国人价值观念、情感意识都发生了飞跃性的巨大变化，时代性、世界性纵横展开，艺术势必产生与之相适应的新观念、理论、技法。郭怡孮先生提出的"大花鸟精神"无疑为中国花鸟画创作提供了一个崭新的创作思路，开拓了一个面对时代、走向世界的艺术发展新境界。立于这个认识角度，把握住中华民族永恒不变的内在精神，花鸟画的创作方向便很明确了，展示的境界应更博大，更丰富。

我的作品《生命之源》《春潮》《金秋》等在创作过程中无一不受到这种思想的影响、启迪。

《生命之源》的创作始于1994年，我第一次去西双版纳，为原始森林中热带植物顽强旺盛的生命力所震撼。那些砍了又发，烧了又生，生生不息，不可阻挡的气势给我留下了深刻的印象。1996年在北京植物园写生时，一片龟背竹吸引了我的视线，它单纯厚实的叶秆、粗壮强悍的根节、神奇灿烂的果实，骤然唤起我在云南的感受，内心深处产生了强烈的共鸣。有了生活的感受，在郭怡孮先生"大花鸟精神"的启迪下，我一口气完成了《生命之源》的创作。

《春潮》在表现手法上汲取了胡明哲老师的绘画经验，致力于矿物颜料的使用和新技法的探索。在画面色彩处理上为了充分表现夜色的神秘苍茫，使用矿物颜料中的彩色云母，泼染出流动变幻的背景，让自然流动的肌理产生丰富变化，如夜色朦胧，也如春水荡漾。绘画是将心灵感受物化为视觉形象的艺术。一个画家要有强烈的生活感受，深厚的造型功力，还要有不断更新的绘画观念和创作思想。如何使作品真实自如地表现生活，表达心灵，如何使作品既浸透中华民族的文化底蕴，又具备时代语言，将是我不断努力追求的目标。

本文刊于《美术》1998年第1期

悲壮的辉煌

——《沧桑祭》创作札记

　　我们创作《沧桑祭》的最初想法起于 1995 年秋天。记得那个深秋的黄昏，夕阳残照下，我们第一次面对赫然矗立的废墟遗址，被那悲壮雄伟之势所震撼。凝聚中华民族几代人智慧结晶的艺术宝库毁于一旦的惨痛悲剧，令我们久久不能平静，产生了强烈的创作欲望。草图反复画了许多，终不能表达其感受之一二。

　　1996 年 11 月看到中国艺术大展主题画中有"火烧圆明园"这一选题，我们又拿起笔去写生，试图从各个角度去摹写它的悲壮气势，刻画它的精美绝伦。时值深秋，如血的残阳，如火的芦苇，物换星移，几度沧桑，让人感慨万千。创作构思开始明确，逐渐成熟，运用中国画工笔重彩的绘画形式，既深入刻画"万园之园"无与伦比的艺术魅力，又着重表现它雄伟悲壮的民族精神。《沧桑祭》是一幅高 1.9 米，宽 1.5 米，用纯天然矿物颜料绘制在棉麻布上的重彩工笔画。画面正中五根顶立的纪念碑式的柱石做支架，形成画面的主题，四周分别描绘出各个不同角度的体现圆明园建筑造型风格的残骸，以繁衬简，突出主题，强化主题。在众多的残石中，我们选择这组巨柱的背面轮廓映像做画面的支架，更强调它的悲剧性、沧桑感。柱石上斑驳厚实的肌理仿佛记载了几百年来中华民族荣辱盛衰、风云变幻的历史。为了使画面不呆板，我们在画面下方选用了大弧形的卷草纹样图案，顶上留出横向空白，与柱石虚实相交，对比呼应，构成方中有圆，圆中见方，曲直相交，横竖交错，虚实叠映的变化关系，增强画面的丰富感、节奏感、韵律感。同时运用传统工笔手法严谨细腻地刻画一组组叠映、排列、穿插、交融于柱石上的雕刻纹样，旨在追忆圆明园当年艺术形象的瑰丽风采，进一步强化悲剧性。运用现代构成意识和几何形切割、堆砌、缠绕的手法来处理局部与整体的关系。制造抽象空间，放弃对真实空间的如实描摹，强调绘画本体语言的运用，保持中国画平整大气的传统优势。将具象的残石与梦幻般隐现的芦叶，浑然一体地融汇于无限的抽象空间中，用这种寓具象于抽象之中，抽象由具象而来的构成表现手段，加强绘画语言，强化主题的内涵力量。色彩上我们保留了当初写生时对特有环境的强烈感受，用多种不同感觉的红色谱出画面殷红如血的主旋律，用粗颗粒的岩肌系列和白色系列堆砌石柱肌理。金黄的芦苇，富有沧桑感的青绿，不断地在主旋律中形成色彩的变奏，达到强烈饱和的视觉效果，增强画面的辉煌感，从而导出悲壮的辉煌这一主题。用特殊的技法处理和特有的颜料质感，丰富色彩的变化，以期达到更强的厚重感。现代绘画已越来越重视画材的质地，一件好的艺术品，除了构思和技巧之外，画材选择相当重要，《沧桑祭》选择纯矿物颜料，使画面上产生了特有的光点相映生辉的效果，更赋予画面一种神秘而灿烂的美感，映现"万园之园"昔日的辉煌，祭奠"万园之园"的千古悲剧。《沧桑祭》从构思到完成，经历了近两年时间，在这段时间里，我们只要一接触到这幅画，一股强烈的民族自尊心便油然而生，期望着所有观看这幅画的观者和我们一样，永远不会忘记这百年沧桑屈辱的历史。

本文刊于《美术观察》1998 年第 6 期

浓妆淡抹总相宜

——略谈中国花鸟画的装饰美

中国绘画很重要的民族特征便是其绘画的装饰性，在信息时代的今天，如何保留、发展我们的民族文化特征，了解研究中国花鸟画发展演变过程中人们对装饰美感的审美要求是十分必要的。

在中国绘画史上，新石器时代的彩陶，战国时期的帛画上，花鸟鱼虫的生动形象多以装饰纹样的形式出现。敦煌壁画、永乐宫壁画在线条、色彩的处理方面集中体现了绘画的装饰美感。宋元时期大批富有创作精神的花鸟画家，顺应时代的审美要求，将花鸟画的创作形式之美推向了艺术发展的高峰。这个时期的绘画风格无不体现出强烈的装饰美感。宋人名作《出水芙蓉》中，作者把一朵满构图的荷花的花瓣脉络细致入微地描绘出来，神形兼备的同时，加强了韵律感、装饰美感。近代绘画史上，任伯年的《群仙祝寿图》是其艺术成熟期的代表作，作者用高超的装饰手法将整幅长卷画在泥金纸上，画面形式与纸张色泽的统一，营造出金碧辉煌的装饰美感。

中国花鸟画的装饰手法，是将自然形态转化为艺术形态的提炼处理，尤其在工笔花鸟的创作上，没有装饰性就失去了艺术性。花鸟画大师于非闇先生所作的《白玉兰》，用石青作底，衬托出白玉兰的洁白高雅，画面上两只黄鹂鸟与大片石青蓝对比，更是民族装饰色彩使用的点睛之笔。于先生善用中国画的色彩规律：朱砂画红叶，金粉勾边，石绿点苔，体现出极富中华民族特色的装饰美感。

改革开放后，一大批花鸟画家更新创作观念，将西方色彩学及材料技法引进到中国花鸟画的创作中，为现代花鸟画创作开辟了更为广阔的空间。郭怡孮先生的《赤道骄阳》《紫荆花》等作品用了大量装饰性色彩，尤其是《与海共舞》中的芦花，在用石绿、赭石红分染后，用银色的马克笔点画出阳光下的闪烁效果，是近代花鸟画创作中装饰美的典范。

我过去从事工艺美术设计工作，对中国民间艺术品，包括年画、刺绣、陶瓷、漆器乃至古建筑中所体现出的民族装饰美感尤为关注。这些年在进行花鸟画的创作时，一直思考如何把中国传统的装饰美感融入现代重彩的创作理念中，如何在自然状态的植物、花鸟形态表现中加入现代设计的理念。为此，我在最近创作的重彩画中做了尝试。

我的重彩作品《艳阳天》的创作，源于山东曹州牡丹，用天然矿物颜料绘制在亚麻布上。为了突出正午阳光下牡丹花饱满挺拔的姿态，画面采用了几何形的构图方式，用直线分割画面增加画面张力，花头造型有意识地融入现代理念，一层颜料一层银箔，于无形中找有形，完成时达到了现代、饱满、热烈的预期效果。

《三月雪》用银箔贴出大片几何形图式的枝干，覆盖性强的蛤粉堆塑梨花，与青绿的底色形成丰富的层次感。《飘逝的白云》则强调了青灰调子的方形瓦片肌理，与透明的桐花形成对比。三幅画都利用现代画材的特质彰显出具有现代意味的装饰美感。

中央美院郭怡孮花鸟画创作高研班的学习时间很短，留给我们的研究课题却很多，我们的探索研究实验，都是为了在保留中国花鸟画民族装饰精神的同时，让花鸟画的现代样式更为饱满、更为丰富、更具时代美感。

本文刊于《花鸟画创作教学》，北京工艺美术出版社出版

莲花之梦

——我的莲花创作笔记

今年7月，我接到中科院西双版纳热带植物园的邀请，参加中科院名园名花展"赏莲月"的活动，并且要求我做一次以荷花为绘画主题的创作讲座。我是一个中国花鸟画家，这些年来，以荷花为主题的大型创作搞了不少，借此机会我梳理了一下自己以荷花为主题的绘画笔记，回顾、总结了自己这些年创作荷花的心路历程。

古人有句咏睡莲的诗句：风生碧绿任缠绵。我将诗句改为"风生碧绿任漪涟"，"漪涟"意味着动，意味着变化发展，意味着认知的圆圈在伸展扩大，我的创作体验也是自己认知圈不断拓展的过程。

绘画的魅力不仅仅在于画什么，而且在于怎么画，就如同一首交响乐的演奏，在不同指挥的诠释下会表达不同的感情。

我是如何诠释荷花的多种式样的呢？

2007年春天，安徽省稻香楼宾馆需要一批绘画新作来置换和补充宾馆的原有陈列。稻香楼宾馆是用来接待国家领导人和外宾的重要场所。1958年毛主席视察安徽的时候就下榻于此，因此，稻香楼宾馆也被称为安徽的"国宾馆"，宾馆许多地方都陈列了新中国成立以来安徽省著名画家的作品。

2007年稻香楼宾馆新建了桂苑，请的是上海的装饰机构来完成内部装饰，并准备请一批上海的名家来作画。当时任安徽省委书记的郭金龙知道后，他说：为什么不能让我们安徽省的本土画家来完成呢？于是，在安徽省文化厅的组织下，由安徽省书画院牵头，集中了一批省内的优秀画家，成立创作小组。我被分在花鸟画组，组长是著名画家朱秀坤老师。朱老师早年毕业于中央工艺美院，是张仃院长的高足，也是安徽美术出版社的总编辑。

我于1998年从文化部首届重彩画高研班学习回来，接着又读了中央美院花鸟画创作高研班，郭怡琮先生的"大花鸟精神"深深地影响着我们这代学生。回来后，我在安徽省博物馆举办了个人重彩画展，有了一些艺术的实践，但是对于大型绘画的创作并没有多少经验，朱老师当时鼓励我，由我执笔起稿为宴会厅设计大幅荷花的创作画稿。

由于作品画幅大，又在公共场合陈列，要求更高，这便给创作带来了限制，完全不同于我过去的创作经验，但我又感到这个机会很难得，很能锻炼人。在有限制的命题作文里，才更能彰显出创作的难度和创作的成就感。

我到现场去观察宴会厅的整个环境：宴会厅铺着艳丽的朱红团花地毯，水晶吊灯，深色幕帷，整个风格高贵典雅，华丽大气。根据富贵的装饰风格以及宴会厅的使用特点，在选材上我感到只有重彩画的材质才能与之匹配。

我设计了五张六尺整纸相拼接的重彩荷花样式：画面用石青石绿铺出浑厚的池塘底色，在底色上勾勒浅粉浅白的大朵花头，碧叶相交，水草交融，用金箔镶贴突出画面的现代感、厚重感，加强其绘画的装饰性、陈列性。作品完成后题名《荷塘印象》。

2008年初，胡锦涛主席视察安徽时，在此接见省市领导，并在画作前与大家一起合影留念。

同年秋天，我又接到了为稻香楼宾馆接待大厅创作工笔画的任务。接待大厅四周绿树成荫，生意盎然。我是安徽人，很崇尚徽文化中的和谐之风，确定以荷花、螃蟹为主题，描绘出万物和谐相生的丰茂景象。内容决定形式，我勾出草图，确定用传统中国工笔画的式样来进行创作：满池青绿的荷叶、丰盈的荷花、轻摇的芦苇，水草间有螃蟹、小鸭子点缀其中，用传统中国工笔画的三矾九染，层层叠染出一幅生机勃勃的夏日池塘，题名为《朱荷满堂》。

2015年，安徽省政府新办公楼落成，办公厅要我绘制一幅以荷花为主题的大画，陈列于安徽省政府会议厅。我以"荷花出淤泥而不染"的特征，拟好《风清荷祥》的画题，将荷花置放在宁静致远的山水环境中，营造出大场面、大格局。用水墨表现山水的高远、岩石的冷峻坚挺，用风中摇曳的芦花、池水，渲染加强气氛，衬托荷花的清雅端庄。花头采用张大千先生的重彩画法，用朱砂、胭脂、曙红等重彩颜料反复渲染，将错落有致、典雅庄重的红色花头组成群像式构图，清远而热烈。

绘画与文学、音乐一样，同样的对象会有不同的表现方式。绘画创作中始终要解决的是语言和感情的问题，语言靠技法支撑，感情靠语言表达。所以，不断在创作实践中锤炼出精湛的绘画技艺，非常重要。反复用不同的绘画语言表现同样的题材，也是对我绘画技艺的考验。

2019年，安徽省纪委会议中心再次请我画一幅荷花题材的《清莲图》。考虑到纪委机关是监督党风廉政建设的机构，坚强和有力是工作的特点，我采用意象化的夸张手法，将4米乘2米的荷花设计成海浪的形象，形成向前冲的趋势，大朵大朵洁白清亮的荷花，像海浪一样涌向前方。荷叶和荷秆形成条块状组合，整体外形构架上找细节变化，打破其原有的结构，重新组合，绘于有设计感的冷静底色上，呈现出意象化的抽象效果。

《清莲图》的完成，是我个人绘画风格上的一次新的探索和追求，这次风格的探索追求，得到同行们的肯定和认可。

　　在数十年的创作生涯中，绘画形式的探索和拓展是我一直追求的，用不同的形式去表达同样的主题是具有挑战性的。画家抓住一种主题，反复探索，比如黄胄把毛驴当作研究笔墨的对象，形成他独特的绘画风格。我在荷花主题的创作上也反复磨炼，使绘画语言形成自己的特点，力求形成较为成熟的风格，这也是一个画家必须终身坚持的使命。

本文载于安徽省文史馆 2020 年 8 月论文集

由岩彩进入新的创作佳境

——对画材的思考探索

一、材质的思考

当你漫步于中华民族五千年的历史长河，当你流连忘返于一件件文化瑰宝之中时，绚丽华贵的丝帛、精美考究的漆器、斑驳恢宏的青铜器，无不以其摄人心魄的艺术魅力呈现于世界。历经千百年的岁月磨砺，至今其仍然色彩斑斓、金碧辉煌，让人不能不惊叹其材质的精良。在北京学习的几年中，我有机会看到世界各国艺术品原作展，欧美的古典油画、日本的现代绘画、非洲的民间雕刻……每件作品在向我们展示其艺术魅力的同时，也展示了自己精美的材质。当我在美术展览上，面对一幅幅当代中国画作品时，发现有的尽管有绝妙的构思、精深的笔法，却没有与之匹配的材质美感，不免产生无限的遗憾和感慨。视觉效果的单薄以及简陋单调的化学合成锡管颜料，让人无法想象这些作品如何作为中国文化的精粹进入世界博物馆，如何留传给我们的子孙后代。

中国传统文化中，讲究是一种文化，也是一种修养。中国画家历来讲究文房四宝：湖笔、徽墨、宣纸、歙砚，唯独没有提到颜料，是不讲究颜料吗？非也！古人称画工为"丹青手"，丹青即是绘画的代称，如同瓷器是中国的代称一样富于象征意义。敦煌壁画中古代画家神采飞扬的巨作将五彩丹青用到了极致。当时画工用的颜料就是我们现在的岩彩——天然矿石磨出的岩石粉末，有石青、石绿、赭红、土红等。所有这些都是大自然的一部分，与自然一体，与天地合一，这也是中国人崇尚天人合一哲学思想的体现。

对画家而言，所有的精神感受都必将转换成视觉形象表现出来，每一种不同的风格、形式、材料都带有画家个人的审美取向。具体到过程，就是用什么形式、手段、材料才能最完美地达到画家想要表达的意境。20世纪奥地利绘画大师克里姆特从小受做金匠的父亲影响，一生偏爱金色，他在作品中用混合技法大量使用金粉、金箔，其辉煌华丽的风格，为20世纪绘画艺术之经典。当代墨西哥画家塔马约是一位既有国际性，又富于民族色彩的大师，他爱用故乡的红土做颜料，画坛上称这种色彩为"墨西哥红"，后来又称之为"塔马约红"。中国美术馆曾展出日本巨匠平山郁夫的风景画，十几米画面上闪烁着晶莹璀璨的灰绿色结晶体颜料，呈现一种梦幻般的现代美感。这一切都使我对材料产生了新的认识。用新的媒材来充实替换单调的锡管水色，在画面体现意境美、造型美、色彩美的同时，重视材质，将材质同样视为构成画面的必备要素之一，赋予画面材质美，这是现代绘画发展的必然趋势，也是一个现代画家应该具有的艺术素质。

二、认识岩彩

我画室里的矿物颜料，一组组按色彩明度、种类分装在玻璃瓶里，每种颜色按颗粒大小分1～14号，每种类型都有着不同的特性：（1）天然石色，色泽灰雅晶莹，颗料越粗色彩纯度越高。（2）人工合成色，为补充天然石色的色相不足而高温烧制的颜料，色泽鲜艳透明。（3）水干色，用染料染成的蛤粉，不透明的流动的厚重。（4）闪光色，粗细不同、色彩不同的箔类、云母类。在这里白的概念是透明的白（水晶末、珊瑚末），不透明的白即蛤粉；黑的概念是不透明的黑（水干色黑、天然色黑），透明的黑即是墨。纷纷繁繁林林总总。

用眼睛欣赏着这一颗颗在光照下闪烁变幻的结晶体颜料，就会忍不住用手去触摸，用心灵去感受，红珊瑚、绿松石、黄金茶……这些特有的充满东方文化情调的颜料激起我内心阵阵创作冲动。试想：用粗砾的辰砂、银朱表现黄土地上悲壮激越的秦腔、信天游；用石青、石绿加彩色云母泼洒广东丝竹的清脆华丽；用鲜亮跃动的金银箔展示唢呐独奏《百鸟朝凤》的欢悦激情……色彩美的同时，加上材质美的烘托，画面必然更具冲击力、表现力和经久不变的画面效果。

用颗粒状的岩彩画工笔，与过去传统工笔画三矾九染的技法有着质的不同，岩彩粗粝的颗粒使我们不能像传统工笔水色分染那样顺畅，那样随心所欲，也不能惟妙惟肖地把握物象的生动细节，甚至难以体现传统工笔画的高古游丝描、钉头鼠尾描的线描魅力，然而它那极富个性的颗粒却构成了水墨、油画、水彩等其他材料所无法替代的现代东方美感。

三、由岩彩进入新的创作佳境

如果说传统工笔重彩画以笔线为骨架，以薄色平铺分染的画法似一曲古筝独奏，优雅而独具风韵，用岩彩作画则像一部交响乐，是弦乐、管乐、打击乐同时演奏，丰富的和声配器，如同各种颜色错落有致地搭配，对比和谐地组成一个雄浑磅礴的整体，使画家在作画时也如同乐队指挥一样，用力度与丰富的变化，产生出震撼心灵的激情。这是我在作传统工笔画时永远无法体验的感受。

岩彩是由粗到细的颗粒状，与国画水色在技法上有着完全不同的概念，它的颜色不是调和在一起产生灰色，而是先画一遍粗颗粒的黄，再画一遍细颗粒的绿，画一遍粗颗粒的红，再画一遍细颗粒的蓝，一层层交织咬合，如此往返可重复无数遍，构成一片肌理起伏、色泽变幻的神秘灰色。

石色的粗砾使它不设细节，无法表现物象具体的生动与丰富，带我们进入的却是另一种生动与丰富——画面语言关系的生动与丰富。由画好一景一物变为画好一形一色，画好一虚一实，画好一种感觉。由把一个具体物象画得有深度而不流于概念，到把一块黑或一块白画得有深度而不概念化。从画物象的质感转为表达材料的质感——它使创作中一切关系都发生了根本的变化。

传统工笔画仅有的手绘技艺和书写性，在岩彩的使用中已远远不够表达画面的浑厚与力度了。每种性质不同的材料都迫使我们变换不同的绘画工具——在这里刮刀、滚筒、木板等与笔一样成为画家心灵与感觉的延伸。由于材料的多次重复、交融，在绘制中常常出现下意识的生动与丰富，能否恰到好处地保留住无意，并将其升华，能否独具匠心地制作有价值的肌理，制作与手绘都成为一种必要的手段。制作与手绘一样也必须具备深厚的艺术修养和绘画的经验。由材料的变换，引导出技艺的变革、工具的丰富、创作观念的更新，大大拓展了绘画语言的深度和广度，更重要的是引导我们突破了古典的审美定势与旧有的艺术观念，进入了柳暗花明又一村的创作新境界。从自己完成的这批岩彩作品看，尽管有许多不尽人意的地方，还处在探索尝试阶段，但在用新材料、技法的创作实践过程中，内心经历的种种烦恼、痛苦、失望、惊喜都是过去从来没有的。失败与成功、痛苦与惊喜引导我逐渐步入一个崭新的更加自由化、多样化的创作佳境，由此引发的深层次思考强烈冲击着我原有的审美观、创作观、艺术观。随之而来，如何扬弃我的旧有知识，如何在绘画道路上形成最能贴近自己心灵感受的风格，都是我将面临的一系列新课题，正因如此，才使得我的探索更有意义。

世界如此浩瀚无垠，内心如此感慨万千，当你能用新的材料、新的技艺、新的语言表达出你以前无法表现的美感时，你的绘画世界就升起了新的太阳。

本文刊于 2001 年 6 月《艺术界》